Weyrich sprl - Place de la Foire 9 – B-6840 Neufchâteau
32(0)61 27 94 30 www.weyrich-edition.be

Huile, 60x80 cm, *Les fiancés*.
Mise en pages et composition : Weyrich Édition
Impression : Chauveheid Stavelot

Dépôt légal n° D/2009/8631/5
ISBN 978-2-87489-048-2

Guy DENIS

L'Ardenne est un songe

Weyrich

L'Ardennais

Qu'est-ce qu'un Ardennais à cette heure ? Un paysan ? Les paysans disparaissent. Un bûcheron ? Ils se raréfient. Un chasseur ? La plupart sont des bourgeois. Un braconnier ? Ce sont des viandards. Un habitant de la campagne, là-bas, au sud de la Meuse ? Même là-bas, la ville se transporte à la campagne, et nos villages se transforment en dortoirs pour citadins. Comment le dépeindre, le portraiturer ? Existent autant d'Ardennais que de sortes de saucissons et de jambons. Il y a l'entêtement, l'esprit d'économie pour ne pas dire l'avarice, l'endurance au travail, le mutisme aussi, un Ardennais tourne sept fois la langue dans la bouche avant de parler, mais des têtus, des avares, des taiseux, des travailleurs, vous en avez connu ailleurs. Alors qu'est-ce qu'un Ardennais ? Sa région est caractéristique, de Monthermé à Liège, et de Namur à Arlon, une succession de prairies et de forêts semées de villages et de villettes, mais l'Ardennais ? Sa terre n'est pas fertile et elle retient l'hiver dans son ventre, comme d'autres terres, l'Auvergne, les Cévennes, les Vosges. Sa cuisine? L'Ardennais aime les patates, d'accord! Il les préférera toujours aux pâtes. Ses légumes sont peu variés, et les bettes, les piments, les courgettes, très peu pour lui, habitué aux choux, aux poireaux, aux salades et aux navets. Ses fruits? Idem. Pommes, poires, prunes. Mais les myrtilles hein, ce caviar des Ardennes? Et les framboises, les «amôn. nes» des bois? Un délice. Les viandes? Surtout le cochon, «dans le cochon tout est bon», du groin à la queue, des pattes aux oreilles. Jamais vous ne verrez un Ardennais résister à un saucisson, à une tranche de lard, ou à des «crètons». Lorsque j'étais jeune, hum! hum! ne riez pas, l'invariable repas de fête conjuguait un bouillon de poule, une entrée: des bouchées à la reine; le plat, frites ou croquettes, petits pois et carottes plus rosbif, et par après, pour le café, la «dorèye», la tarte ronde au sucre aussi grande qu'une roue de vélo! À Noël, le boudin et la compote. L'Ardennais mange tout du cochon, comme il mange de tout en général, car l'Ardennais a bon appétit.

Pour dresser un portrait correct de l'Ardennais, il convient de le comparer à ses voisins, et surtout à ses touristes ou à sa famille lointaine qui lui rend visite, par exemple le comparer aux Bruxellois et aux Flamands. Le Bruxellois ne mange pas beaucoup, et à la cuillère, si je puis dire, il picore, c'est-à-dire qu'il fait des manières, pas assez de ceci, trop de ça. En plus il parle un français dénudé, soit débarrassé des scories qui font d'une langue une langue de la terre, l'accent certes, le rythme du Bruxellois est précipité et sa loquacité trop fréquente; des expressions livresques, apprises à l'école, automatiques, et des tics: «en fait...»; «je dirais...»; «quelque part...», et beaucoup de flandricismes qui n'ont pas cours en Ardenne ni en Wallonie en général mais que notre radio et télévision répandent à tout va: «amaï» pour «houlala!»; un boentje pour un béguin; «ça est un sacré castard!»; le budget est «scherp»; «foert» pour dire «zut» ou «merde»; «ça plèke» pour «ça colle»... J'avoue que dans certains contextes, ces expressions ne manquent pas de saveur mais elles n'appartiennent pas à l'Ardennais. Le Bruxellois est souvent raisonnable, l'Ardennais pas toujours. Par exemple, il est superstitieux, il croit aux présages bons ou mauvais, aux voix de la terre, aux jours bénits ou maudits, il respecte le calendrier des fêtes et les croyances qui leur sont attachées. Quelques preuves: l'Ardennais mangera «del croleye djote», du chou frisé, pour ne pas être piqué par les moustiques d'été; il veillera à conseiller sa fille, future mariée, de ne pas croiser un curé la veille du mariage sous peine de connaître une union malheureuse. Et jamais, au grand jamais, l'Ardennais ne repiquera du persil, signe annonciateur de la mort, à moins qu'un enfant ou un handicapé le fasse. Le Bruxellois si! pour la bonne raison qu'il n'a pas de persil.

Souvent, l'Ardennais parle mal, grossièrement s'il est fâché, en mariant le français au wallon, même lorsqu'il est instruit. Mais à cette heure, la scolarisation a produit une nouvelle langue,

copiée sur celle des jeunes des banlieues françaises, mi-verlan, mi- abréviations à répétition, et pour les adultes instruits, ce qui ne signifie pas cultivés, cette novlangue, cette koiné commune aux Belgicains francophones, presque aseptisée d'accent, de wallonismes, ce qui m'inspira naguère un poème, aussi:
Qu'est-ce qui nous sépare d'eux, de leurs gestes qui auraient dû être les nôtres? L'âge, l'époque, la télé, la voiture, l'instruction, internet? Et si c'était le langage, notre ramage, notre verbal plumage, nos mots pincés, nos mots prononcés, articulés, nos mots flûtés, pointus, aigus, en costume de gala? Je veux un langage épais comme une tartine de pain gris, à étendre comme du fromage sur la plage des discours. Je veux un langage de nœuds, noueux, boueux, bouseux, le seul langage juste qui rende compte de la terre, des fleurs, des «flattes», un langage de labeur et de labour, des grosses mottes de mots herbus qu'on se jetterait à bout de bras et à perdre haleine en pleine gueule, un langage de chez nous autres, communautaire, naturel, temporel, gestuel, puisque ici nous vivons en communes, puisque la nature est notre richesse, puisque ici le temps se déroule lentement, puisque ici nous aimons la beauté des gestes du travail.

En outre, l'Ardennais habite son corps différemment du Bruxellois. L'Ardennais vit dans son corps, il tousse, il rote, il pète, il crache; le citadin non! Le Bruxellois se contient, se retient, s'abstient. Il est poli, gentil, joli, mais après deux mois de vacances «dans les Ardennes», il s'est par bonheur vulgarisé,

il attrape des mauvaises manières, il vit mieux dans son corps, il n'a plus ce manche de brosse dans le cul qu'on lui voit avenue Louise ou à la Monnaie, il est réglé comme une horloge pour les selles par exemple, ce qui est un défi à Bruxelles. Bien sûr, Arthur, je caricature, je force le trait mais j'aime les Bruxellois, puisque, moi Wallon pure souche et Ardennais de cœur, je suis né... à Uccle ! Quelle idée de naître à Uccle ! C'était la guerre, et il se fait que ma mère se trouvait à Bruxelles, comme servante boulevard Lambermont, dans une famille bourgeoise, sympathique je précise.
Le Bruxellois se croit supérieur, il est de la capitale, du bon côté du manche, il se croit policé, cultivé et rien ne l'agace davantage que le Parisien qui lui fait concurrence. L'Ardennais par contre se sait inférieur, il vient d'en bas, soit pour certains Bruxellois d'une espèce de Sibérie.
« Allez-vous parfois au théâtre ? » me demanda naguère une belle Bruxelloise. « Madame, lui répondis-je, jadis dans chaque village d'Ardenne, s'activait une troupe de théâtre, et curé, instituteur, bûcheron, agriculteur, boucher, vétérinaire, jouaient dans la troupe, c'était vraiment la démocratisation de la culture avant qu'on n'invente le terme, pardon "le concept" ! Et moi- même je suis dramaturge, là-bas, dans le trou de balle de la Belgique. »
La Belgique ! Voilà un autre trait de caractère ! le Bruxellois y croit dur comme fer et lorsqu'il entend la Brabançonne, il frissonne. Lui n'a qu'un drapeau, le tricolore, noir, jaune, rouge, et il est parvenu

à enseigner son culte aux bourgeois d'Ardenne. Certes le Flamand n'est pas plus modeste : lui il se sent fort, mais de la force du nouveau riche, d'une force qui pourrait disparaître tout à coup ! N'empêche, le Flamand regarde l'Ardennais de haut, de moins haut qu'il ne jauge le Wallon (qu'est l'Ardennais) mais de très haut tout de même ! Lui, il a l'argent ; lui, il a un bon travail ; lui, il sait ce que signifie travailler tandis que le Wallon… Lui n'a qu'une fête, le 11 juillet commémorant la bataille des Éperons d'or où luttèrent des Namurois et des Hainuyers mais de cela lui, il ne veut pas en entendre parler gotferdomme !
Lorsque le Bruxellois se rend « à la Côte », l'expression est typique, car il n'y a qu'une côte, celle-là, c'est-à-dire cette bande de littoral qui fait soixante kilomètres, et qui ressemble, vu du large, à une barre de béton, il se sent chez lui, il court aux « couistax », il suce des « babeluttes », il raffole des moules venues de Hollande. En Ardenne, il vient pour le brame du cerf en automne, pour la neige avec ses skis, et de temps à autre, pour bien manger dans un de nos excellents restaurants, à la saison de la chasse par exemple. Souvent il se trouve vis-à-vis du Flamand. Ah ? de quoi conversent-ils ensemble ? Ma foi, de rien, de la pluie et du bon temps ! Le Bruxellois et le Flamand n'ont rien à se dire ! Par contre, si le Flamand vient de la Flandre de l'Ouest, la rurale, la pleine de flattes qui à cette heure, est devenue une usine à produire des cochons et des poulets, quelle horreur ! alors oui, les sujets de conversation et de dispute avec

l'Ardennais seront légion. Le Flamand n'aime pas le même lion que le Bruxellois, le sien c'est noir sur jaune.
L'Ardennais n'a pas de lion, il a mieux, le sanglier, « avec une hure pour drapeau ! », tenace, endurant, redoutable dans ses charges, et qui n'abandonne jamais la lutte, jamais. Cela c'est l'Ardennais.
Que dire du Hollandais qui n'ait été médit sur son compte ? Avare au-delà de toute raison, appliquant à la lettre la formule du clergé d'autrefois, « tout de chez nous chez vous mais rien de chez vous chez nous ! » ; accusé de transbahuter sur son dos ou plutôt dans sa caravane, une épicerie, une boucherie, une boulangerie made in Holland, et de ne pas dépenser un florin, pardon un euro, dans son lieu de villégiature ! Quand j'étais petit, nous les voyions arriver sur leur drôle de vélos à haut guidon, surchargés de sacs, à l'avant du guidon, et à l'arrière sur le porte-paquet et des deux côtés du porte-paquet plus le sac sur le dos. Parfois ils quémandaient à l'indigène un seau d'eau ou une bouteille ! Autant dire que les Hollandais sont aimés et attendus ! Ils fréquentaient surtout les fritures, pas les restaurants, pauvreté ou radinerie ?

On prétend que l'Ardennais est raciste ! Quelle légende ! Depuis quelques années, nos communes abritent des réfugiés politiques venus du monde entier, d'Asie, d'Afrique, d'Amérique latine ! Lorsque, par malheur, le gouvernement belge a décidé, pour une raison toujours légitime en droit mais moralement illégitime, d'expulser une famille immigrée, dont les enfants fréquentent l'école du lieu, c'est

la levée de boucliers, et les pétitions circulent ! Les Turcs installés chez nous s'y sentent à l'aise ; les Tchétchènes, derniers malheureux arrivés pour cause de guerres cruelles, s'intègrent de même. Tous, Bruxellois, souvent fils ou descendants d'Ardennais exilés, Flamands et Hollandais, sont toutefois bien accueillis dans les Ardennes ; car ici, on ne « suce » pas le touriste, on ne l'embarque pas dans des loisirs faciles. On lui propose des visites, quelques musées, un peu pauvres, avouons-le, mais l'Ardenne est rurale ; des sites naturels surtout, les grottes, les parcs à gibier, les lacs, les vallées, les points de vue ; et des activités, beaucoup d'activités, des stages artistiques l'été à Neufchâteau et à Libramont mais également à Arlon à la lisière de l'Ardenne ; du théâtre à Stavelot et à Sedan ; des concerts de musique classique à Saint-Hubert ; les Francofolies à Spa. Les vacances en Ardenne seront actives, mais rien ne vous empêchera de louer un gîte et de vous prélasser en lisant, en écoutant de la musique et en vous promenant. Les gens stressés apprécient ce mode de loisirs en Ardenne, non ?
Comme le cochon et la rhubarbe, les confitures et les « dorèyes », les tartes, l'Ardennais aime la neige et les gelées blanches, et son curé, et son instituteur. Il croit beaucoup comme il boit beaucoup, des bières, des « gouttes », du péket, d'où à quarante ans, ce gros ventre qui lui pousse par-devant. Sa femme a de grosses mains, et des ongles non équarris, non coupés. Parfois elle chausse des bottes comme sa mère, les sabots, et elle va aider

aux foins ; de toute façon, l'Ardennaise s'occupe du jardin. Le jardin, c'est sacré. Planter, semer, biner, nettoyer, récolter et… laver, couper, trancher, voilà le travail pénible auquel toute bonne Ardennaise s'adonne quoi qu'il lui en coûte, de temps et de fatigue ! Quand j'écris « toute », j'inclus aussi les intellectuelles, soient les nouvelles femmes, qui dit mieux ?

On accuse l'Ardennais d'être lent, de bien travailler mais à son aise. Et alors ? Sont-ils empotés pour autant ? Lourdauds ? Ne mettent-ils pas du cœur à l'ouvrage ? Certes ils n'ont pas la vivacité du Liégeois dans les mouvements ni les répliques. Ils marchent à pas comptés mais sûrs, à l'image de leurs chevaux de labour, râblés, trapus, mais costauds, endurants, puisqu'ils transportèrent les bahuts de la Grande Armée, par la Russie enneigée, dans la débâcle de Napoléon. Un ancêtre de mon épouse y était. Déserteur et emprisonné, il s'enfuit de nouveau et s'en revint au pays, après deux mille kilomètres de marche ! La tradition familiale raconte qu'il portait un boulet de bagnard dans ses bras !… Et puis la lenteur c'est la tendresse, le respect. Ils ont les gestes des hommes qui, après une dure journée de labeur à la campagne, lèvent le verre de bière à hauteur de leur visage, le considèrent avec plaisir, s'humectent les lèvres avant de le boire avec précaution. Et leur nature prend son temps, elle qui, siècle après siècle, accomplit le destin des chênes centenaires. Le monde va de plus en plus vite. Les citadins qui visitent l'Ardenne, en quelques jours ont fait le tour de nos forêts et de nos villages, et ils s'en retournent croyant avoir compris nos mentalités d'arriérés, de ploucs. Les malheureux! Aujourd'hui, ne faut-il pas choisir la lenteur comme style de vie, ne pas brusquer la durée, ne pas se laisser bousculer par les évènements, stopper le harcèlement qui nous énerve et nous stresse, réapprendre à prendre son temps, à flâner, à rêver, à vivre en moderato, afin d'augmenter notre capacité d'accueillir le monde, de trouver un chemin dans ce monde, et d'écouter la nature, les plantes, les animaux, les hommes… ? Alors, citadins, le recours à ce que vous croyez être une Ardenne engourdie, parfois délabrée, ne vous fera pas bouder le monde, au contraire ! Vous apprécierez la vie comme un cheminement vers le sens, non comme un harcèlement permanent des sens.

L'Ardennais a besoin d'espace, il ne peut vivre en mitoyen, coincé, cloîtré, enfermé, il aime prendre l'air chaque jour, aller pisser dans son jardin, sentir l'humus, les parfums des fleurs, l'odeur de sa terre et ou de ses sapinières, de ses bois. Ah ! le bois ! tout Ardennais pure souche, même expatrié à l'étranger ou dans les grandes villes, en rêve : posséder ses bois. Le bois et la terre coulent dans ses veines :faire son bois pour l'hiver, le couper, le scier, le tronçonner, le ranger, le rentrer, du frêne, du hêtre, du sapin ! Et se promener dans ses bois, à l'affût d'un gibier ! L'appel de la forêt, selon le titre d'un roman de Jack London, oui, l'Ardennais l'entend. Ce n'est pas un truisme ou une légende que de l'affirmer.

La foule ne l'intéresse pas, il s'en méfie, l'Ardennais est comme le vieux sanglier mâle, un solitaire, un peu revêche, râpeux, misanthrope sur les bords sans aucun doute, mais lorsque vous le connaissez bien, lorsque vous avez gagné sa confiance, il a le cœur sur la main et pour lui l'hospitalité n'est pas un vain mot. Mais il faut gagner cette confiance! Or ce qu'il déteste par-dessus tout, l'Ardennais, ce sont les bavards, les charlatans, les m'as-tu-vu! Lui, il se cache, il ne montrera jamais son cul, il a sa fierté comme un hidalgo espagnol. Montrez-lui du concret, il adore le tangible. Ce n'est pas un philosophe, l'Ardennais, mais lorsqu'il vieillit, il devient un sage, jugeant la vie pour ce qu'elle est, une succession de jours qui s'arrêtera, d'où cette attirance de nos vieux pour la famille, les enfants, les petits-enfants autour d'eux, et leur fidélité aux parrains et marraines de baptême, cette perpétuation d'eux-mêmes ou de leur sang.
Le retour de la descendance vers les Ardennes des parents ou des grands-parents est un rite du vendredi soir sur nos autoroutes. La tarte attend dans le four du «stuve», la vieille cuisinière, et un lapin mijote dans la grande casserole, parce que les Ardennais cuisinent encore comme jadis, sur un feu à bois, avec des ustensiles qui ont connu la dernière guerre; les cuisines américaines, les vitrocéramiques, et «tout ce cayè-là», les vieilles cuisinières de chez nous n'en voient pas l'utilité.
Loin de lui les abstractions, du tangible qu'il lui faut. C'est son défaut, car l'Ardennais a des défauts, les défauts de ses qualités, de l'économie à l'avarice,

de l'entêtement à la bêtise, de la méfiance à la misanthropie, du culte du travail à ne pouvoir jamais prendre le temps de rêver, du culte de la famille à la dictature de la famille. Je l'avoue, ces défauts pèsent. Comme un poulain jette sa gourme, le jeune Ardennais doit un jour ou l'autre, sous peine d'étouffer, faire exploser le couvercle des traditions. Tâche ardue mais indispensable pour le ou la future adulte. Plus tard, lorsqu'ils auront vécu, ces jeunes comprendront, et mesureront toute la saveur et les valeurs à l'œuvre dans la vie de leurs parents et grands-parents, une abnégation presque totale, un courage à toute épreuve. Les guerres, ils ont connu ! L'offensive von Runstedt, et les privations aussi, d'où leur peur que cela ne recommence, et leur prudence devant les modes et les idéologies. L'Ardennais, sur ce dernier point, est un anti-idéologue, et pourtant, Théroigne de Méricourt ou Marcourt, là où se perche un ermitage à visiter lez La Roche, fut une pasionaria de la Révolution française, engagée dans la lutte pour l'émancipation des femmes et les idées de justice et de liberté de la Révolution. On sait ce qu'il advint des unes et des autres ; quant à Théroigne, elle fut fessée en place de Grève, à Paris, en public.

Pas idéologue peut-être mais poète certainement, à sa manière, par les mots ou dans sa vie, à l'image des Celtes, ses ancêtres. Je n'en finirais pas de citer, les écrivains, les savants, les musiciens originaires de l'Ardenne. Rimbaud, originaire de Roche près de Charleville, et Verlaine de par son père, originaire de Paliseul, comptent parmi les plus célèbres mais il en est beaucoup d'autres. Le refuge dans la parole, dans la musique, dans la science, permettait sans doute à des esprits plus trempés de se délivrer d'un environnement rude, austère, oppressant. Un peintre a bien traduit cette ambiance sombre de l'Ardenne d'autrefois, Camille Barthélemy. Ici point d'originalité picturale mais un monde ancré, dans ses arbres, ses pierres, ses forêts, ses traditions, dans une grisaille qui a le ton de nos maisons de schiste et de notre climat froid huit mois sur l'année. Loin des artistes mondiaux, une identité forte. Un art expressionniste. Heintz et Raty peignent le même monde, comme cet artiste méconnu et de génie, que fut l'Ardennais français de Monthermé, William Degouve de Nuncques, dont les toiles ou les gravures, les dessins, qui ont l'Ardenne pour thème, surtout celle des Fagnes près de Stavelot, ont une puissance et recèlent une poésie fine qui n'appartiennent qu'à lui, et qui nous enseignent que l'Ardennais, dans son âme, n'est pas un rustre.

Lorsque l'Ardennais a dit, il a dit. Par exemple, s'il croit qu'il est néfaste de repiquer le persil, parce que c'est signe de mort, inutile de tenter de le faire changer d'avis, il est têtu, et il a dit.
Ce trait n'appartient pas qu'aux vieux, les jeunes en ont hérité, je vous l'assure, des vraies «tiesses de bourrique». Durs comme de la pierre, leurs crânes. Ce qu'on appelle des personnes de caractère, mais ce caractère n'est jamais affiché au premier contact, il se découvre peu à peu. Quand la vieille Marie Lanners de Longchamps m'a assuré

qu'existait dans la direction de Mabompré, un rocher des Nutons, inutile de la contredire, elle y a cru dur comme fer jusqu'à sa mort, et jamais le curé n'a osé affirmer le contraire.

L'exode rural au XIXe et au XXe siècle, suscité par les famines, et la pauvreté, a dépeuplé l'Ardenne, c'est certain. C'est que la vie ici est dure, les ressources maigres, et l'absence d'une grande ville attractive a poussé les jeunes à chercher du travail ailleurs. Conséquence, il y a des Ardennais partout, des Amériques à la Chine. Car, en bon Wallon, l'Ardennais émigre, voilà un caractère contradictoire : lui si casanier, attaché à sa terre, s'en va. Ainsi de mon copain d'enfance, Zabus, parti vers les États-Unis. L'Ardennais, si clanique, de son village avant tout, a le goût de l'ailleurs, et son particularisme souvent néfaste à cette heure ne l'empêche pas « d'èn n'aller ».Partout où vous irez sur la planète, vous en rencontrerez, des descendants d'une famille ardennaise. L'émigration continue aujourd'hui comme hier, moins régulière peut-être, vu la hausse du niveau de vie, et l'activité de petites entreprises « performantes » comme on dit à notre époque. De plus, les moyens de communication plus rapides, plus aisés ainsi que le développement d'un outil comme l'internet, ont freiné cette envie d'aller voir ailleurs. Avouons que si l'Ardennais est un « localiste », il lui manque sans doute, comme à la plupart des Wallons, ses frères, un sentiment d'appartenance très fort à une communauté plus large, du moins jusqu'à cette heure ; qui est-il ? il ne sait trop, Belge oui sans doute, mais au-delà ? et cette identité est si ténue que... donc si le lieu auquel il est lié ne lui apporte pas le minimum pour vivre, s'il ne peut devenir propriétaire de sa maison, de terres, de bois, de vaches ou de charrues ; ou s'il n'a pas obtenu un poste dans l'armée, la gendarmerie, les douanes ou l'enseignement, il part. Persisteront dans sa tête, des souvenirs. Des maisons accueillantes, de bonnes tables couvertes de pain de seigle ou d'épeautre, des fromages, des saucissons et des jambons. Des conversations animées, des mots de la langue wallonne, des accents, une musique qui chantera toujours dans sa tête, et qu'il se surprendra à chantonner dans sa vieillesse :

Roum dou doum lès cûtes poumes
La mère les pèle, li père les mougne...[1]

Des paysages aussi, de prés et de forêts, des rivières et des ruisseaux. Un sentiment de nostalgie le saisira, et une larme à l'œil, il saisira le téléphone pour appeler un cousin, une tante, un ami demeuré au pays. Mais personne ne répondra au bout du fil, le cousin, la tante, l'ami, seront partis eux aussi ou ils seront décédés. L'Ardenne l'habitera comme un souvenir, celui du petit paradis des enfances, qui n'était certes pas un paradis, mais la nostalgie est plus forte que la réalité.

1. Comptine wallonne : « Roum dou doum les pommes cuites, la mère les épluche ; le père les mange. »

Attention ce caractère râpeux n'empêche pas l'Ardennais d'aimer et de se lier d'amitié. Des amours solides, et des amitiés durables, à la vie à la mort. Le serment, on y reste fidèle comme à la parole donnée. Ainsi des marchands de vaches sur le marché, à la Foire de Libramont, qui se tapent dans les mains, une fois que le marché est conclu, il est conclu. Et gare à celui qui ne tient pas parole, car voici un autre trait de caractère de l'Ardennais, il est rancunier, une rancune tenace. Dans les villages, certaines familles ne se parlent plus depuis deux générations, et plus personne ne connaît la raison de cette haine. Un défaut de plus.

Parfois vous vexez l'Ardennais sans le savoir, en transgressant certaines coutumes non dites que vous ignorez, j'avertis les visiteurs des Ardennes. Ainsi oublier de saluer le voisin le matin risque de valoir des commentaires peu amènes ; refuser un petit service comme de conduire la vieille du coin au supermarché tout proche, même topo. Par contre, l'Ardennais vous dépannera sans rechigner, une bûche de bois pour votre feu, la surveillance de votre logis quand vous partez en vacances, prévenir le facteur, garer votre voiture, aucun problème. Je l'avoue, ces menus services de bon voisinage facilitent la vie en Ardenne ; autrement dit, dans les Ardennes, il fait bon vivre ! (J'emploie à dessein le singulier et le pluriel pour désigner notre région, car, qu'elle soit française, ou belge, ou grand-ducale, elle participe de la même typologie sociale, et culturelle.)

Conclusion : venez-y ami lecteur ! Connaissez-nous et connaissons-nous, que vous soyez Bruxellois, Flamands ou de n'importe quelle nationalité ou culture !

Le village

Bal au village

Dans mon village il y a des champs, des marais, des bosquets, une forêt, une rivière, des étangs, des chevreuils, des sangliers, des écureuils.
Il y a une route, une église, un pont, des maisons. Et des noms de rues aux parfums de France ancienne, rue des eaux-bonnes, chemin des demoiselles, rue de la Goulette.
Dans les maisons, il y a un couple, un enfant, un chat, un chien, quelques rêves.
Dans les rêves il y a de tout et de rien et dans ce tout et ce rien, il y a une table, un cendrier, une pipe, du semois, et beaucoup de livres.
Dans les livres, il y a des champs, des étangs, des bosquets, une forêt, une route, une église, un couple, un pont, des maisons.

Ce soir c'est la ducasse, et le bal du village. Yvon sera de la partie tu penses. Tu connais Yvon, Yvon

Magnette, mon voisin ? Si, ce jeune gars bien bâti, les cheveux coupés court, d'assez haute taille, le regard clair, toujours le sourire aux lèvres, et dévoué avec ça.... ?
Oui, c'est ça, il joue à l'avant-centre dans l'équipe de foot du village, et il étudie au collège, les sciences, il m'a confié cela l'autre jour que je le croisais en rue. Je l'interpelle comme ça : « Ça va Yvon ? » et il me répond invariablement : « Ben ouais ! » D'accord il n'est pas causant, il est même taiseux, ce sont les jeunes d'aujourd'hui ça, pas méchants, un peu timides, et puis c'est un Ardennais, et tu sais bien que « par chez nous », on n'a pas la parole facile, les mots râclent dans la gorge, il faut presque les arracher, mais ce qu'il parle bien français, ce n'est pas comme de notre temps quand on parlait un michmach de français et de wallon, comme mi à cette heure, bon dju ce qu'to djôses mau, qu'i m'dijo co l'vî « Bernâ [1] », le « monsieur l'instituteur »... je n'en peux rien, Monsieur, que je lui répondais ! Ben si alors que tu en peux ! qu'il me répondait li vî « Bernâ », t'avais qu'à étudier morveux ! Il avait raison monsieur l'Instituteur. Ils ont raison les jeunes d'à cette heure, d'étudier, la vie est si difficile et puis aujourd'hui, si tu n'as pas fait un peu d'études tu ne trouves aucune « place », et ils doivent trouver un travail les jeunes, regarde de notre temps, si tu n'étudiais pas à l'école, ben, tu pouvais toujours trouver un boulot à la ferme,

1. Bon Dieu, ce que tu parles mal, qu'il me disait encore le vieux Bernâ.

et s'il n'y en avait pas, c'était l'armée, la gendarmerie ou les douanes, mais aujourd'hui, même là, ils n'en veulent plus des jeunes, ils les mettent dehors! donc ils ont raison d'étudier les jeunes, comme ça plus tard Yvon il trouvera une belle place à Luxembourg p'têt ben avec une bonne paie à la clé! Comme tous les jeunes couples de maintenant! Crénom t'as vu les baraques qu'ils construisent avec un, deux, trois garages, parce qu'ils possèdent tous au moins deux voitures et pas des petites voitures à deux portes hein, non des 4x4, des BMW, des Mercedes... et ces maisons, presque toutes les mêmes, en briques, horribles, les unes à côté des autres, à l'entrée et à la sortie du village, immenses! qu'en feront-ils quand ils seront vieux? Des pelouses à n'en plus finir qu'ils mettent des heures à tondre! Crénom, au lieu d'y placer une gatte ou un mouton qui raseront les herbes à hauteur du museau! Mais non! faut des pelouses propres... tout doit être propre, un fumier devant une maison, le «pâtche», les gêne à cause des odeurs et parce que un pâtche n'est pas propre, évidemment c'est du purin, et les 4x4 qui puent, c'est propre?... la nouvelle mode, c'est les piscines! Les piscines pour quoi faire? Pour les gosses, qu'ils disent, une fois par an, la seule fois qu'il fait bon et ne pleut pas!... oui, tu as raison, ils se divorceront avant de vieillir... parce que c'est la mode à cette heure de se divorcer, il y en a déjà eu trois couples à l'entrée du village qui se sont divorcés, et un à la sortie, ça fait quatre divorces et donc quatre grandes maisons à vendre à un prix alors là ! plusieurs millions alors que nous, je me souviens, on avait acheté la maison du vieux Sidore pour moins de cent mille francs!... et les jeunes ménages qui proviennent tous d'ailleurs, de Liège, de Charleroi, de Bruxelles, d'Arlon, ne nous parlent pas, on dirait qu'ils ont peur de nous, ils se parlent entre eux et maintenant que c'est l'été, ils organisent... des barbecus... de la fumée partout, ils déposent des saucisses, des brochettes, des côtelettes qu'ils achètent au Cora, sur une grille... et ça cuit et ça pue... Nous on n'pas eu cette chance d'étudier, de toucher de grosses paies, toujours hay et hay, du matin au soir, derrière les vaches, à l'étable, ou aider le voisin qui construisait sa maison, ou au bois, ou aux foins, et aussi aider la mère quand elle était fatiguée, dans le ménage, la vaisselle, nettoyer, ranger... ah! ça, je n'aimais pas sais-tu, pas du tout! Je lui disais toujours à ma mère: « Ce n'est pas le travail d'un homme! », mais quand je la voyais affalée dans le fauteuil, et que je regardais ses mains toutes crevassées par les eaux des lessives et les savons et les javels, que veux-tu!, j'en avais pitié, on ne se refait pas, on est comme ça nous autres, au village, on ne sait pas laisser quelqu'un « dans l'embarras », surtout que la vie n'est déjà pas facile surtout aujourd'hui, alors si on ne peut pas se donner un coup de main... Ah! oui, pour ça oui! Yvon il a le cœur sur la main, l'autre jour au Delhaize, il m'a aidé à porter un paquet de patates, ça c'est le comble, à cette heure, on achète les patates au magasin, n'y a plus une

since où acheter ses patates, mais où est-ce qu'on va? Et c'est des mauvaises patates, elles germent tout de suite et elles sont toutes tachées, pour moi elles sont remplies de produits chimiques et on mougne ça! C'est po crèvé![1]... Hier l'équipe de foot a gagné, Yvon a marqué un gôl, de la tête, j'y étais, ah! nom di Dju! un centre du fi d'à Marquis, et paf dedans valet! une détente qu'il a Yvon, un vrai chat! Il paraît qu'un émissaire envoyé par le Standard de Liège l'a déjà remarqué et qu'il ne restera pas dans notre équipe l'an prochain, c'est dommage hein?... ah! ben oui, c'est normal, ce n'est pas le village qui le fera vivre, il doit partir s'il trouve ailleurs son avantage, qu'il profite de sa chance seulement, à sa place, à son âge, si j'avais eu du talent pour piter[2] dans un ballon, j'aurais fait la même chose que lui moi! Mais je n'étais pas bon! trop lourd, pas assez rapide, et puis je shootais toujours à côté du gôl, même quand j'étais tout seul devant le but. Je n'étais pas doué, disait «Bernâ», l'instituteur, pas doué pour grand-chose d'accord, sinon pour trimer, ah! ça oui, pour trimer on me trouvait toujours et tout de suite, «hé, el biquet, vins por ci, va por là»! On m'appelait «el biquet» tu te souviens? Et même Yvon un jour m'a demandé pourquoi on m'appelait le biquet. C'est un «spot» que je lui ai dit.
— Un quoi?

1. Et on mange cela, c'est pour mourir.

2. Frapper dans un ballon.

— Un spot.
— Qu'est-ce que cela signifie? Un lieu?
— Un lieu? pourquoi un lieu?
— En anglais, cela signifie un lieu.
— Ben nenni, c'est un mot français hein.

Tu sais ce qu'il m'a répondu Yvon?... que le mot «spot» n'était pas du français; ben alors, c'est du wallon que je lui ai répondu, bref, «spot», ça veut dire un surnom. Alors moi on m'appelait biquet parce que je suis resté petit et têtu et que je suis endurant, je pouvais travailler du matin au soir, sans yesse scran, sans être fatigué, et puis oui c'est juste, je l'admets, je parle comme un biquet, avec un accent traînant, comme ça: bêbêbê.
— Comme le berger dans la farce de Maître Pathelin! qu'il m'a répondu l'Yvon.
— Ah! bon!
C'est qui c'maître Pathelin? Un fermier de dans le temps qu'il m'a dit Yvon, très riche mais un peu bête, tandis que le berger qui bêlait, eh bien!, malgré les apparences il n'était pas si bête... Cette parole d'Yvon m'a fait du bien, surtout venant d'un jeune homme instruit.
Donc hier il a marqué un gôl pour l'équipe du village et cette après-midi, il dirige les jeunes qui montent le chapiteau pour le bal. J'espère qu'il y aura du monde, la recette ira au club de foot, c'est normal, depuis la fusion des communes, le club ne reçoit presque plus rien de l'agglomération, et v'là comment on nomme, l'ensemble des villages et des hameaux, l'ag-glo-mé-ra-tion, ah! faut pouvoir prononcer ça! et notre village dans

l'ag- glo-mé-ra-tion, ce n'est plus qu'un hameau, il ne nous reste plus que l'équipe de foot, même la paroisse n'existe plus puisqu'il n'y a plus de curé, c'est l'abbé Bimbolo qui s'occupe des cinq églises d'une nouvelle paroisse. Vous le connaissez bien? Il vient d'où? Du Congo? v'là qu'à cette heure les curés viennent du Congo comme des missionnaires! C'est le monde à l'envers! Plus de village, plus de paroisse, et les curés qui viennent des colonies, du Congo! Il est gentil au moins ce curé Bimbolo?... non moi, je ne le sais pas puisque je ne vais plus à la messe, tu connais la raison quand même, c'est depuis la guerre, depuis que not'curé a pris le parti du roi Léopold III qui se grattait les couilles avec sa nouvelle femme pendant que nous autres, on était en train de travailler au stalag... alors ça, je ne l'ai pas supporté, et du coup je ne suis plus allé à la messe malgré les menaces de ma mère qui répétait comme tout le monde au village: «Biquet! T'iras en enfer!» Et ben, tant pis, que je répondais, j'irai en enfer! mais que le curé prie pour celui-là qui était le chef de l'armée belge et qui... bon, oui, tu me connais, je recommence ma rengaine, je me tais, ce sont de vieilles histoires, les jeunes s'en foutent de tout ça, c'est bon pour les vieux comme moi qui radotent, d'accord, je me tais!...

Il aime bien Yvon le Bimbolo?... oui, je l'ai remarqué, le curé supporte le club, et je l'ai même vu se mettre en short et jouer avec les jeunes, alors là! il court comme un lièvre le Bimbolo, un lièvre noir hahaha! les jeunes, surtout Yvon, voulaient

qu'il intègre l'équipe, mais il a trop de travail le pauv'curé, toudi par monts et par vaux, à visiter ses paroisses. Donc tu vois, dans notre village à cette heure, une église vide, plus de maison communale, plus de café même, plus d'épicerie, plus rien, alors les gens prennent le bus gratuit du mardi pour faire leurs courses au Cora, conclusion, heureusement qu'il reste des jeunes actifs comme Yvon. Ah! je souhaite qu'il prenne femme dans le village ou aux alentours Yvon! La ptite Collard, par exemple, blonde comme les blés de juillet, et spitante avec ça, lui irait bien!
Ce soir, je parie qu'il l'invitera à danser. Il est timide?... Ce n'est rien, moi, j'y serai au bal, nenni hein, nin po danser, pour boire une bière, bien que... tu sais... je sais co danser... surtout la valse... tu te souviens... j'étais un des meilleurs danseurs des villages de la vallée, valse à l'endroit, valse à l'envers, et les mazurkas, allez, volez jupons, tourniquez mamzelles! c'est comme ça que j'ai connu ma Julie, ici, lors du bal de la ducasse du village. Pauvre Julie! Qu'est-ce qu'elle a attrapé là au sein? Moi je dis que c'est à cause des saloperies qu'on mange! T'as déjà vu la viande? Dans la poêle, au bout de cinq minutes, il n'y a plus qu'une petite crotte noircie de viande dans un demi-litre d'eau! C'est comme je le dis au père Gustin, le dernier sincî du village, mais pourquoi c'que vous piquez vos bêtes?... pour les maladies, qu'il répond. Mais dans le temps, ditche, il y avait aussi des maladies et personne ne piquait ses bêtes?... ah! aujourd'hui, on est

obligés de les piquer pour l'Europe!... comment ça pour l'Europe?... ben l'Europe nous oblige de piquer nos bêtes pour qu'elles grossissent, qu'elles deviennent rentables, nous devons faire de la viande, et faire du chiffre comme ils disent à cette heure... faire du chiffre? je te demande un peu... et la santé des bêtes?... et des gens?... l'Europe s'en fout, qu'il m'a dit, ce qui compte, c'est faire du chiffre, et respecter les quotas... les quotas? ditche... oui les quotas, autant de kilos de ceci, autant de tonnes de ça... parce qu'il y a surproduction... C'est bête ça, ditche, on pique les bêtes pour qu'elles grossissent plus vite et plus fort, et après ça, on limite le nombre de bêtes parce qu'elles produisent trop de viande dégueulasse à magnî!... C'est l'Europe, qu'il m'a dit le père Gustin... Et on ne peut pas demander aux ministres Happart ou Lutgen, d'arranger ça?... non qu'il a dit le père Gustin, ils n'ont rien à dire à l'Europe... Alors tu vois dans les champs, des taureaux et des bœufs avec un cul gros comme trois bassines, tellement énormes qu'ils savent plus marcher... n'empêche que le père Gustin s'est fait avoir l'autre jour avec un de ses taureaux... figure-toi qu'il allait les nourrir, comme d'habitude par ces temps de sécheresse, qui, entre parenthèses, se multiplient ces dernières années à cause de toutes les saloperies qu'ils nous balancent sur la tête, donc il allait leur donner du fourrage, v'là l'torè qui grogne, le blanc, celui qui se trouve toudi dans le champ du dessus, rue de la Hét, tu vois?, le père Gustin n'y prête pas attention, il entre dans le champ, le

taureau grogne et fait mine de s'approcher, il lui schlague le museau d'un coup de bâton, il disperse le foin, en lui tournant le dos, ce fut son erreur vois-tu, parce que l'torè l'a balancé par-derrière, deux mètres en l'air, il est retombé sur son bras, bras cassé, heureusement que le fils se trouvait à deux pas sur son tracteur, il a sauté, et éloigné la bête sinon je crois bien qu'elle aurait piétiné le père Gustin... mansî bièsse don[1] !
Donc Yvon, il dansera avec la jolie fille d'à mon Collard, j'en fais mon affaire, il doit se marier ici Yvon, faire souche comme on dit, et repeupler le village, ce serait merveilleux.
Tu viendras au bal aussi? je te paierai un verre et on se rappellera nos biesseteries de l'ancien temps et on chantera des chansons en wallon comme alors... depuis que ma femme est morte je n'ai plus chanté, ça me fera du bien, ça nous fera du bien de rire et de chanter, «elle me l'aveu toudi promis èn bèle petite gaioule, ène belle petite gaioule...»... Ah! si j'avais quarante ans de moins, la belle petite Collard j'en aurais eu le béguin, je lui aurais fait la cour à coup sûr!... je lui dirai à Yvon...» hé gamin! reluque par là, la belle blonde dans sa robe à fleurs qui flotte autour ses jambes brunes quand elle danse, qu'est-ce que t'en penses?»... Allez, vî cou, à ce soir... à pus vî, à pus sot[2]...

1. Sale bête, va.

2. Vieux cul, expression affective en wallon, plus vieux, plus fou.

Le week-end de la fête à R. s'est clôturé de façon tragique dans la nuit de dimanche à lundi, devant le chapiteau dressé pour l'occasion, rue du Chemin de fer. Vers 3 h, une altercation a mal tourné. Yvon Magnette, 21 ans, de R., a reçu deux coups de couteau qui lui ont été fatals. Trois autres jeunes hommes ont été blessés, victimes eux aussi du même agresseur. Celui-ci a pu s'enfuir. Les enquêteurs le recherchent toujours.

Sur la tombe du jeune homme, un bouquet de roses rouges. Une petite carte blanche de la dimension d'un bristol est accrochée à ce bouquet couleur de sang. On y lit : « Reste au village, Yvon, ton village ! » Une signature en dessous : « El Biquet. »

Cinéma d'antan

Chaque dimanche je marchais jusqu'au Patton, le cinéma paroissial, pour la séance de «trois heures». À cet âge, je n'avais nulle idée du général US cinq étoiles qui délivra ma ville, Bastogne, et les troupes de Mac Auliffe, de l'emprise des Allemands au début de 1945. Je ne connaissais de ce siège et de l'offensive von Runstedt, que les anecdotes que me racontait M. Kobs, le coiffeur de la rue du Vivier. Sa fierté était d'avoir coupé les cheveux, heureusement pas le scalp, d'un GI, simple plouc mais authentique prince sioux Oglala, et sa honte d'avoir vu de jeunes SS, d'à peine quatorze ans, se laver torse nu, à la fontaine, en plein hiver, au milieu de la neige. Ce passé n'était pas le mien et pour cause, je n'avais que quatre ans. Je passais devant les ruines, les gravats, les maisons déchiquetées, sans les voir, préoccupé par ce seul but: arriver à temps au cinéma. C'était un rite hebdomadaire. Dès que je sus lire les inscriptions des affiches multicolores placardées sur les murs humides: Autant en emporte le vent; Erroll Flynn;

le Tigre du Bengale ; Lana Turner ; La Belle et la Bête ; Rita Hayworth ; le Fils de Tarzan ; Johnny Weissmuller ; Maureen O'Hara ; Fernandel ; Ouragan sur le Caine ; Sabu...

Le cinéma façonna mon imaginaire, construisit ma mythologie en même temps que la bande dessinée, Spirou, Fantasio, Poildur, Valhardi, Red Ryder, Tarzan encore, Tintin bien sûr, Corentin encore plus, en Inde, en Chine, dans les plaines du Far West, en compagnie de Tom Mix, Roy Rogers et Zorro. J'appris à lire en décryptant syllabe par syllabe, les titres et les noms des affiches, tout en suçant une « sucette », en culottes courtes, le lance-pierre accroché à la ceinture comme le couteau à la ceinture de Sabu. J'étais heureux de m'échapper dans les films et les trips, d'acheter l'hebdomadaire Spirou le jeudi midi à la librairie Lambert du bas de la ville, nommé en wallon le « Pal â-vâ », un peu plus haut que chez Mézier, le marchand de costumes, face à la vieille église romane dont les bombes ébranlèrent la voûte peinte. Heureux d'entrer dans la tiédeur de la salle de cinéma, ses velours des premiers sièges, ses fauteuils de bois rabattables que les garnements de mon genre faisaient claquer à plaisir, et s'asseoir, obnubilés par cette immense toile blanche qui dans l'obscurité, contiendrait toutes les péripéties de vies héroïques que je désirais partager dans le Sahara, le Dakota, la jungle, et au Moyen Âge, à l'époque des Mousquetaires et des pirates « n'a-qu'un-œil ». Dans cette nuit qui tombait dans la salle, et argentait un instant le drap de lit géant, les chuchotements bruissaient avant que le faisceau de lumière ne donnât vie, par miracle, aux Peaux-Rouges qui chutaient de leur mustang, aux Sarrasins qui attaquaient les Croisés, au Corsaire rouge qui montait à l'abordage, à un univers dans lequel se battaient, se débattaient, s'entremêlaient casques, plumes, chapeaux, épées, poignards, fusils, et dont le tohu-bohu était amplifié par les froissements des emballages de bonbons et les suçotements salivés des réglisses.

Oui, la salle de cinéma aux murs de carton, abritait les mystères de l'aventure majuscule, animant les aventures de mes bandes dessinées, et ces mystères portaient un nom : BONHEUR ! alors qu'à la maison, à cette époque, nous ne possédions ni frigo ni sofa ni canapé ni cuisine mais un petit réchaud à gaz, des lits à la carcasse composée de tubes trouvés dans les ruines de Bastogne et soudés par mon père, une table de bois recouverte d'une toile cirée, quatre chaises et une vieille radio qui crachotait souvent, que ma mère écoutait assidûment le soir, les crochets radiophoniques, le théâtre « OMO » sur Radio-Luxembourg, tout en cousant ou en reprisant, et que mon père n'allumait que pour les informations ou les sports, spécialement les étapes du Tour de France. C'était le temps des Robic, Bartali, Coppi, Van Steenbergen. Nous étions à l'époque des gens de peu, nous le sommes restés mutatis mutandis, vivant petitement une petite vie de besogneux et nous étions heureux en dépit de ce peu.

Si la BD éveilla chez le petit garçon le goût de l'aventure et de l'héroisme parfois stupide, le ciné prolongeait ces appétits en découvrant ce sentiment étrange : l'amour. Que de baisers, que d'embrassades, pudiques selon les normes actuelles, érotiques en ce temps-là, dans les films de cap et d'épée et de cow-boys. Ma mère préférait les films d'amour français ; mon père les films de cow-boys, et moi j'aimais tous les films comme toutes les bandes dessinées.

Si j'étais un habitué du Patton, mes parents ne s'y rendaient que rarement mais alors pour se rendre au cinéma, quel cinéma ! Chapeaux, voilette, mignons petits gants de dentelles, robes et jupons à froufrous, et costume trois-pièces et cravate, et chemises à boutons de manchette dorés ; les préparatifs duraient tout l'après-midi, ils sentaient bon la poudre de riz et l'eau de Cologne... Ils se tenaient droit comme des « i » au début de la séance mes parents puis s'amollissaient au fur et à mesure que le film se déroulait, et de temps à autre des larmes perlaient aux yeux de ma mère et j'entendais mon père lâcher en wallon, signe d'une émotion forte, colère, admiration, étonnement, « nom di Dju ! »

Derrière nous, dans les rangées du fond de la salle, les amoureux se bécotaient à qui mieux mieux sous les coups de feu, les pétarades, les musiques mielleuses ou grandiloquentes.

Les « fiancées » aimaient beaucoup le cinéma, et comment donc ! il leur assurait des séances et des friandises gratis, et je peinais à imaginer que mes

copines dont je m'amusais à tirer les tresses, et à piquer les jambes avec des épines, deviendraient des « fiancées » quelque années plus tard, car, tout compte fait, elles n'étaient que des « crapaudes » au nez en trompette, aux laides taches de rousseur, aux gloussements de poulettes effrayées...
Parfois j'étais triste au cinéma, quand Gavroche tomba sous les balles ; quand Sitting Bull se rendit aux Tuniques bleues ; quand cette mère si jolie agita son mouchoir en signe d'adieu à son fils qui partait pour l'Amérique, l'aventure ou la mort, enfin qui partait pour ne plus revenir, comme j'avais vu mon copain Zabus partir pour les États-Unis avec toute sa famille, la grand-mère y comprise. Au vrai, mes premiers chagrins je les ai connus au cinéma, et il me semble que je les ai répétés, ceux-là uniquement, tout au long de ma vie qui ne fut qu'un film de cinéma, ou plutôt une série de courts ou de longs métrages successifs que le mot « fin » écrit en minuscules, clôturait douloureusement, décès, séparations, divorces... C'est au cinéma que j'éprouvai le sentiment de la « perte » qui chez moi, est définitivement lié à la salle obscure. Dès mes quatre ans, il élut domicile dans ma tête, mes yeux, mon cœur, et y prospéra en jalonnant ma vie. Par chance les fins heureuses des films à l'eau de rose corrigèrent ces désarrois et illuminent à présent la nuit de plus en plus noire de ma mémoire, et alors les souvenirs fugaces du premier baiser d'amour, du premier livre écrit, du premier baptême, recouvrent les musiques lancinantes des fins dramatiques quand s'entendait

un «Adios! amigo!» ou un plus terrible «Adieu mon amour!»

Ruralité moderne

Adamek,

Comme tu le sais, notre verte Ardenne n'est pas le paradis que d'aucuns imaginent. Pour le touriste de passage, ses vastes étendues forestières, ses rivières d'eau vive, ses villages aux noms étranges, My, Ny, Sy, Aye, et parfois coquins, Porcheresse, Sainlez, Mettet, Sinsin, Hannut, voilà autant de charmes que l'Ardennais du cru ne remarque pas. En effet ici comme ailleurs, dans nos vertes vallées ou à Paris encombré et pollué, l'homme est pareil, ni meilleur ni pire.
Je parcours à pied et à vélo presque chaque jour la forêt d'Anlier où j'habite, splendide, majestueuse, et chaque jour je croise à tel endroit mon renard roux nuancé de gris sur la chabraque ; ailleurs, un groupe de faons et de brocards jusqu'à ce je voie mon renard écrasé par un des chauffards communs à notre région, 4x4 pollueurs ou grosses cylindrées orgueilleuses, ôte-toi de là que je m'y mette ! Et que j'aperçoive devant ma roue une patte

de faon allongée d'un os, les viandards sont passés par là durant la nuit, avec leurs phares !
Et as-tu entendu ce qui se passe depuis un an dans la région de Bastogne, le coin de mon enfance ? Trente-trois maisons, fermes ou hangars incendiés ! La maréchaussée est sur les dents, les édiles itou et les gens ont la frousse. Qui est ce pyromane ? La rumeur circule. Un étranger ? L'hypothèse habituelle. Ou une personne du cru ?
Malade fébrile, sadique extrême, va savoir ! Vengeance personnelle ? En vouloir à tous, cela se produit. Je l'imagine. Sa femme vient de le quitter, un scénario classique, il réagit, il fait payer au hasard, le monde qui l'entoure coupable de son malheur. Il croupit dans son coin, il essaie de penser à autre chose qu'à ce départ de celle qu'il aime, il ne peut pas, il souffle, il grince des dents, il frappe le mur de ses poings, mille Dieux la salope, la traînée ! et puis deux minutes plus tard, calmé, reviens mon amour, ma chérie, pourquoi tu m'en veux ? Je t'ai battue, mais non... comment non ?... et ces bleus là sur ses bras, sur son visage, combien de fois n'a-t-elle pas dû sortir la tête couverte d'un fichu, des lunettes noires pour cacher les arcades tuméfiées, elle le craignait tellement qu'elle ne respirait plus quand il rentrait après son boulot. D'ailleurs elle ne respirait jamais, que de l'air qui montait et descendait dans sa gorge fiévreuse, et des hoquets qui suivaient la décharge brutale, aveuglante, suivie d'une impression de nuit étoilée, provoquée par ce poing, son poing qui s'abattait sur elle chaque fois qu'elle n'avait

pas bien nettoyé le carrelage, chaque fois qu'un homme lui faisait un compliment, chaque fois que... cette fois-ci, c'est son ventre qui a encaissé, son ventre dans lequel une chair crie et se tortille de souffrance avant qu'il ne brûle secoué de pulsations qu'elle ne parvient pas à contrôler. Elle est assise dans le coin du salon, la jupe relevée, les cheveux humides plaqués sur ses joues chaudes et rouges, et entre ses cuisses nues, un nœud gluant qui glisse. Elle s'est pissé dessus, pense-t-elle, ou c'est de la mauvaise sueur, il a frappé tellement fort cette fois-ci, qu'elle s'est pissé dessus... alors elle regarde... ni de la sueur ni de l'urine... mais du sang... tandis qu'une ombre droit devant elle dans le hall s'agite. Elle pense, il faut appeler la police, une urgence, elle dira aux voisins comme d'habitude qu'elle est tombée dans l'escalier, qu'elle a marché sur un râteau, qu'elle a ramassé une porte en pleine poire... L'ombre hurle, elle le sait pourtant bien qu'elle ne doit pas lui dire cela, que, lui, il ne supporte pas cela, qu'elle le fait exprès pour l'emmerder, qu'elle le cherche... Elle passe sa main entre ses cuisses et sous sa robe, ses doigts sont poisseux de sang lourd, globuleux... et l'ombre répète : « Et maintenant tu vois, tu vois ce qu'il arrive quand on m'énerve, c'est pas de ta faute toute cette misère ? Si ! et tu vas devoir nettoyer tout ça et bien sûr, tu oseras affirmer que c'est encore de ma faute alors que tu l'as cherché... »
Elle murmure d'un ton pitoyable : « je ne peux pas rester comme ça », en montrant du regard son entre-

jambe. Il répond : « non bien sûr », puis en écartant les bras, les paumes ouvertes, « tu vois dans quel foutoir tu nous mets ? Tu le vois dis ? »
Il la saisit dans ses bras et la porte un peu plus loin. Elle pense, il me dépose par terre comme un paquet, et de nouveau ses bras écartés, les paumes ouvertes, l'air étonné, « regarde-moi ça ce foutoir », en désignant la tache de sang. Puis : « J'appelle l'ambulance, t'es vraiment une emmerdeuse ! » Oui appelle l'ambulance, pense-t-elle, une fois de plus, mais cette fois-ci, ce sera la dernière fois. « Tu sais ce que tu dois dire quand tu arriveras à la clinique ?... tu-es-tom-bée-encore-une-fois-dans-les-escaliers... parce que tu t'emberlificotes les jambes, les pieds dans la loque ou je ne sais quoi, mais comment fais-tu ton compte ?... ce que tu es maladroite tout de même ! »... Et voilà ! voilà ! il croit ses mensonges maintenant, le mensonge est devenu la réalité, elle a trébuché dans la serpillière, elle est tombée, elle tombe tout le temps, une gourde ! une empotée, monsieur le docteur !.. et la prochaine fois qu'est-ce qu'elle ramassera dans la tronche ?... elle doit absolument se tirer d'ici mais comment, des élancements dans le dos, et cette brûlure dans le ventre... c'est certain, le bébé... le bébé ?... mais cochon pourquoi as-tu fait ça au bébé ? il n'a rien demandé lui !... elle souffle dans un hoquet : « le bébé ! »... Quoi le bébé ! mais... tu en auras un autre, on en fera un autre... et le voilà reparti à l'arrière dans la cuisine, bouffer le repas qu'elle lui a préparé, des raviolis, et il est encore capable de se plaindre que le plat est froid !...

cochon!... comment sortir d'ici?... à l'hôpital... elle demandera au médecin... mais si elle le dit, il le saura et il reviendra la battre encore plus dur... est-ce qu'il la tuerait?... non, il est trop lâche... il se méfie... la dernière fois à l'hôpital quand il est venu en visite, il ne s'est pas attardé, et les infirmiers le guettaient et lui répondaient sèchement: Oui, Monsieur!... Non, Monsieur!
Un nez cassé plus un œil au beurre noir, une fois, ça passe, mais une seconde fois, un visage tuméfié et une fausse couche provoquée, cela fera beaucoup, trop... elle devrait porter plainte, son amie Annie le lui répète depuis le début de son mariage, depuis les premiers coups «dus à l'énervement» comme il dit, mais porter plainte, c'est avouer que son mariage est un échec, ce que toute sa famille ne faisait que répéter et surtout sa mère, «c'est un violent, je le sens, un brutal, un primaire», et pourtant comme primaire... il avait étudié, il travaille dans la police, il est gradé... ah! oui, la police?... mais la police le protégera, les loups ne se mangent pas entre eux, c'est connu... deux ans de mariage... après six mois, les colères se sont déclenchées comme les orages, coups de poing tels des éclairs sans compter les hurlements, tout l'énervait, le lit pas au carré, l'évier mal essuyé, les repas trop chauds ou trop tièdes ou trop communs ou trop...? toujours trop ceci ou pas assez cela! Elle était de toute manière sans cesse coupable d'une faute passée, d'un péché à venir mais lui, pardon le parfait, le pur, tiré à quatre épingles, fier dans son uniforme repassé, couleurs bleu ciel

et bleu marine, lui qui saluait si correctement le drapeau belge, le roi en visite dans la province lui avait même serré la main, et il était bien noté, il aurait de l'avancement, le capitaine l'avait affirmé devant elle, et ils ne resteraient pas ici, dans ce village des Ardennes mais ils monteraient à Liège ou à Bruxelles, enfin un village, c'est beaucoup dire, ils habitaient un nouveau quartier assez cossu, mais où toutes les maisons récemment construites se ressemblaient, le quartier était situé à l'entrée de l'ancien village constitué de vieilles maisons dont certaines dataient de plus de cent ans, « sans aucun confort », répétait son mari, « comment peuvent-ils vivre là-dedans ? », « ils » c'étaient les indigènes ; « là-dedans », les maisons anciennes aux murs épais édifiés avec des pierres, de la terre et de la paille, « même pas de mortier ! », s'esclaffait son mari ironiquement, elle n'aimait pas ce rire cynique, supérieur qu'il adoptait pour se moquer des vieux, des faibles, des chômeurs, sa cible favorite c'était les artistes, un mot qu'il prononçait en aspirant le « a », « hhhââârtistes ! » ; selon lui, des parasites, des fainéants, des bons à rien, des va-nu-pieds, des cloportes presque... tandis qu'elle, elle adorait les peintres, les musiciens, les écrivains et surtout les poètes, tous ces gens un peu bizarres qui parlaient et s'habillaient drôlement et surtout ne pensaient pas comme tout le monde ; là-dessus sa mère s'accordait avec le beau-fils, il faut se respecter, rester dans la norme, l'apparence cela compte, et surtout se taire, ne pas trop en dire, ne pas se mêler de tout, en politique ne rien dire, ne pas faire le malin, ne pas se faire remarquer, demeurer dans le rang, se ranger quoi, oui comme des casseroles bien rangées dans l'armoire, elle sourit à ce mot « casseroles », les casseroles du mariage, le fameux service en porcelaine de Limoges offert par sa belle-mère, « prenez- en soin, ma fille », elle en prenait tellement soin qu'elle ne l'avait jamais sorti de l'armoire, pour quoi faire?... pour le barbecue de l'été? des assiettes en carton suffisaient pour recueillir la graisse des saucisses et des merguez, elle détestait les barbecues, elle haïssait les merguez comme son mari abhorrait les vieilles maisons qu'il comparait à des étables, comme elle détestait recevoir les amis de son mari, des cadres à Luxembourg, des « managers » qu'ils disaient, et leurs femmes et les amies de leurs femmes, toilettes achetées en boutique, toutes semblables d'ailleurs, robes froissées, c'est la grande mode, couleur sable, cela fait sahara et trek, vous partez en trek? elle détestait surtout les amies... c'était la revue des possessions... qui avait ceci, qui n'avait pas cela... la 4x4, les rideaux assortis, les meubles Ikea, la télé numérique, l'ADSL pour l'ordinateur, et le nec du nec, le système informatique intégrant l'alarme, l'ordinateur, la télé, la radio, la chaîne hifi, le portable, et quoi encore?... ce qu'on nomme la « do-mo-tique, ma chère », ressassait une de ses relations commerciales, vous ne connaissez pas la domotique vous? quelle arriérée!... mais allez habiter dans le vieux village avec tous ces gens qui ne connaissent même pas le téléphone portable, c'est vous dire!... eh bien! oui, elle s'en fichait de la domotique et des 4x4, et des Ikea, elle aurait préféré que son mati fût plus gentil, même pas: plus aimable, et qu'il la laisse rêver, rêver non pour ne rien faire, mais pour lire par exemple, elle adorait lire, et elle aurait tant voulu se rendre dans cette galerie d'art dont on parlait sur la télé locale, TVLux, installée dans le vieux village, où l'on pouvait voir des huiles, des sculptures, et des objets bizarres... «un dingue!» avait prononcé son mari à propos du galeriste, alors pas question de se faire remarquer en visitant ce... cette galerie... qu'est-ce que nos amis penseraient de nous, t'en as quand même que des pareilles dans la tête, bon, tais-toi, ne commence pas à m'énerver avec tes conneries!...

Assise sur son cul nu, elle regardait presque sans la voir la tache de sang dans le coin. Hébétée. Lui avait fini de manger; il téléphonait aux urgences, «un malheureux accident, mais il faut faire vite, elle perdu du sang, une mauvaise chute»... dans cinq minutes le Samu serait là! Elle serait sauvée! Sauvée? tu parles!... elle entendait sa belle-mère: «Vous avez de la chance ma fille, un beau mari qui a un job intéressant et sûr, de nos jours, cela est rare, vous habitez une superbe maison très confortable, dans les Ardennes!... quel bonheur!»; elle ne discernait pas ce bonheur, pour elle, les Ardennes ou ailleurs c'était kif-kif, la même maison môôôderne, la même cage, une sorte de Guantanamo privé!

Un moteur qui s'arrête, des portières qui claquent, des cliquetis, ils dépliaient une civière, le Samu était arrivé ! Elle allait sortir d'ici, elle tourna la tête vers la cuisine, sa cuisine, répétait sa mère, adieu la cuisine qu'elle ne reverrait plus, car elle avait décidé de foutre le camp...

Alors quand il a constaté que son épouse était partie définitivement, le mari a pété les plombs. Il a bouté le feu au vieux village, aux hangars, il se purifiait en quelque sorte par le feu. Ah ! le feu ! Bachelard a écrit des textes profonds sur ce sujet, mais revenons à l'Ardenne !

Tu me demanderas : est-ce une histoire vraie ? non bien sûr, seulement une fiction vraisemblable pour entrer dans ce monde nouveau qui change l'aspect de nos villages d'Ardenne, ce que les urbanistes appellent « la rurbanisation », soient des files de maisons à l'entrée et à la sortie des anciens villages, pareilles aux norias de magasins horribles qui ouvrent la voie d'entrée de nos villes et villettes, Bastogne, Marche, Arlon, Libramont, Sedan, Charleville, Dinant, Malmedy, multicolores, clinquants, encombrés le vendredi soir et le samedi. L'Ardenne n'est plus celle que je décrivais il y a trente ans dans « Raconte-moi l'Ardenne », la ruralité a disparu au profit de cette rurbanisation. Et quand j'inventais à l'époque le slogan « le rural ne se mettra pas à poil devant le capital » pour protester contre tel village de vacances mammouth qui menaçait d'engloutir un village sous une nuée de vacanciers, j'ignorais

qu'un mode de vie pareil s'installait, chacun chez soi et Dieu pour tous, dans sa petite maison, devant sa petite pelouse, où se plante la machine à barbecue ! Le modèle américain, la « privacy », la privauté privée, et surtout n'approche pas ou je lâche mon molosse, non mais, je suis chez moi ici ! Et ne gare pas ta voiture devant MA maison, dans MON espace ! Mieux, certaines communes à cette heure ont tellement peur de leurs jeunes, qu'elles ont décrété le... couvre-feu ! Comme je vous le dis ! Comme pendant la guerre ! Craindre sa jeunesse, ses propres enfants ! Aberration.
Donc quand mon voisin le fermier charrue le foin, il me fait du bien, quand je respire l'odeur du fumier et du crottin, je suis heureux ! Tout ça nous change du mazout et... des 4x4, à cette heure remplacés par un nouvel engin original, les quads ! Vroum Vroum !

Le facteur

Il est passé sans qu'on l'ait aperçu mais il passe chaque jour à la même heure ou peu s'en faut, discret, silencieux. Les vieux du village l'attendent impatiemment chaque matin, pas seulement parce qu'il leur apporte de temps à autre, et parfois trop rarement une lettre des enfants ou des petits-enfants, ou bien en fin de mois, la pension, mais parce qu'il leur fait souvent la causette, le temps qu'il fait, qu'il a fait, qu'il fera, les derniers potins du village, mariages, décès, naissances, les soucis, la santé, des uns et des autres. Ne plus le voir, ne plus l'attendre, équivaudrait à une tragédie. Or à partir de demain, il ne passera plus ! Ainsi en a décidé le ministre des Postes. Plus de communications ! déclara à la radio sur VivaChié (pardon sur VivaCité ! de la RTBF) le ministre fédéral des Postes qui est aussi le ministre de l'Intérieur et des Communications. Voilà le progrès ! La Poste doit être rentable, et afin de la rentabiliser, d'abord le gouvernement l'a vendue par morceaux à une firme anglaise *Capital Partners Limited*, société d'investissement extrêmement performante dans le capital à risque selon le ministre en question ; ensuite il supprime la moitié des bureaux de poste devenus inutiles aussi, et la moitié des facteurs, mais il ajoute qu'il n'y aura pas de perte d'emplois. Et il complète à la télé cette fois-ci, le soir, à 20 heures, lors du Journal télévisé, que Sidore et Victorine regardent chaque jour : « Ce n'est pas une position idéologique, mais la réalité. Il faut être prêt dans les cinq ans pour affronter un marché concurrentiel à 100 %. »

— Mais la Poste elle appartient à qui ? demande Victorine.
— Ben à l'État !
— Et l'État c'est qui ?
— Ben c'est tout le monde !
— Et pourquoi c'qu'il décide pour tout le monde le ministre ?
— Parce qu'il a été nommé ministre.
— Donc on l'a élu pour qu'il décide pour tout le monde ?
— Ben oui.
— Et il vend ce qui appartient à tout le monde ?
— Ben oui.
— C'est un escroc ce ministre.
— Ben oui.
— Faut l'mettre en prison.
— Ben oui.
— Avec le gouvernement.
— Ben oui.
— Qui va les mettre en prison ?
— Personne.

— Pourquoi personne?
— Parce que c'est la démocratie.
— Comment ça?
— Celui est près du pot, se relèche.
— C'est dégueulasse?
— Ben oui.
— Qu'est-ce qu'on peut faire?
— Nous, rien.
— Et les autres, les jeunes?
— Dire non.
— Ils diront non?
— Non, ils ne diront pas non. Maintenant les Wallons ne disent plus non, ils disent tous oui. Oui. Oui.
— Ce sont des béni-oui-oui.
— Oui.
— Ils n'ont pas toujours été comme ça.
— Non. Dans le temps, ils disaient parfois non à ceux qui disaient oui.
— Vive le non alors!
— Oui, vive le Non.

Le croiriez-vous que des pensionnés dans un hameau d'Ardenne rejoignent la pensée du philosophe Alain: «Penser, c'est dire: non!»?

Femme comme Femme, Ardenne de mon âme

L'Ardenne ne serait pas elle-même s'il n'y avait ces instants de magie pareils à celui que j'évoque. Couché de tout mon long dans l'herbe d'une clairière, j'aime me laisser glisser dans la rêverie, percevoir la chute d'une branche morte qui retentit tout autour de l'embellie, regarder les gouttes d'eau tomber avec hésitation sur les feuilles, humer la brume légèrement brûlée qui monte du sol, contempler la couleur du ciel, entendre les cris espacés de l'épervier qui vole silencieux d'une allée d'arbres à une autre allée, admirer les ramures d'un chêne géant, alors je ressens au fond de mon corps, aux frontières de la conscience, l'appel de la poésie...

Pour Dominique.

Quand je serai loin ou peut-être mort, que feras-tu à l'heure tardive de la nuit? Peut-être assise dans la bonne lumière de notre maison basse, tu seras occupée à découdre l'écheveau de nos jours heureux et de nos infortunes, ou tu seras prise d'envies foisonnantes d'une vie nouvelle en compagnie d'un homme nouveau ? Tu rêveras du babil de l'enfant que tu désiras plus que n'importe quel trésor au monde, sous la lampe des pensées chaudes que l'absent t'adressait jadis. Ou prise d'un froid minéral, tu songeras que je suis trop loin décidément, derrière l'horizon des forêts d'Ardenne, perdu dans une nuit qui n'est plus la tienne?... Peut-être tourneras-tu mes pages écrites au vent doux de ta chevelure avant de t'endormir dans le chagrin d'être si seule. Depuis trop longtemps le monde te paraîtra couvert de pluie et de grisailles, et tes mains te paraîtront trop glacées, et le matin trop matinal, quand tu t'éveilleras d'un sommeil moite, transpercée de mille piqûres de regrets ou de repentir, et le cœur avide d'un ciel où balbutieraient des étoiles.

De là-bas, de l'autre côté de la banquise des mortels, tu m'entendras te chuchoter qu'il faut en effet te lever tôt pour voir naître un jour nouveau, et que si tu empruntes les chemins de la mer, tu découvriras des beautés que je n'ai pu t'offrir dans ma présence ardennaise. Alors oublieuse de ton corps lourd et que tu pensais pourrir sous l'outre de ton ventre, pourrir comme tous les corps vivants, sans doute te lèveras-tu d'un mouvement brusque et courras-tu vers la plage d'une mer rieuse, promesse d'infinie jouissance.

Avant toi, tant de jours au long desquels tombaient de mes mains un tas d'objets inutiles, au long desquels je t'attendais sans le savoir et quand tu entras dans ma vie, ce fut une brassée de fleurs jetée par ma fenêtre, et ton rire secoua toutes les pluies des novembres lourds. Ô ces jours d'avant toi, d'ombre et de grisaille, en rang d'oignons, aussi nombreux que les soldats de la Grande Armée, pareils à autant de paupières baissées devant les visages en désarroi de mes deux fils. Et en l'ignorant, j'étais près de toi dans ma grande pièce silencieuse où le désespoir montait comme une tourmente en décembre.

Jamais je ne connus cette tendresse chaude qui me noue à toi, moi qui saigne à cette heure en pensant à tous ceux qui ont suivi ta trace pour te prendre par la main et te conduire là où je n'allais pas.

Je vis avec toi des moments pareils à des silex qui lancent des éclairs sous le soleil auxquels succèdent des matins bleus quand ta bouche sur ma bouche inaugure les journées harassantes de travail. Tes épaules accrochées à mes épaules comme les sarments à la vigne, tu m'enveloppes et insuffles à toi seule la chaleur dans ce foyer que nous construisîmes, dans cette maison basse et profonde qui nous réchauffe, toi, moi et mes fils, ainsi que le feu dans l'âtre.

Quand ma bouche s'attarde dans tes prairies veloutées ou herbues, quand mes bras te recueillent nue et tremblante dans l'hiver, quand le désir de ta jeunesse me mord, quand le plaisir t'entrouvre comme une figue fraîche, je me déprends de toutes les grisailles de la vie morne, et le souvenir de ces étreintes vient battre autour de moi lorsque tu t'absentes, et alors mes pensées te suivent et t'appellent, attendant que ta voiture et que la rue te rejettent dans mes bras dans un claquement joyeux de portes.

Tu es d'ici, de l'Ardenne et de ses forêts, de ses écureuils et de ses renards fauves, tu conjures les mauvaises lunes, tu balises les sillons dans la terre semée de pierres froides, et je t'aime dans la nuit de mes bras fermés sur ton corps, et je t'aime dans le cœur de notre nuit, et je t'aime dans les matins qui fourmillent de mille soucis, et je t'aime dans les chambres où rôdent tes odeurs, et je t'aime par les saisons tigrées de renoncules et de coquelicots, lavées de pluie et couvertes de neiges, et je t'aime quand tes yeux couleur de source me prient de rester docile à la moiteur de tes mains.

Gueules

Gueules de gueuseries, gueusailles,
gueules de gui,
Gueules malandrines, creusées pour les goulées,
Gueules chargées, gueules vertes non rasées,
Bocagères et de carrière, gueules de pierre,
Gueules noires de terre, gueules de derrière,
gueules premières
Du paysan expatrié, du gueux dépaysé.

Je vous aime vous les gueules
de mes grands-pères,
Les gueules à gosier rincé,
les gueules embroussaillées ;
Je vous aime vous les gueulantes bâillonnées,
Les gueulardes de silence, vos gueules oubliées,
Vos gueules dégueulées.

L'e muet

Je m'appelle l'e muet, je suis né de la dernière pluie, j'ai tout ce qu'il faut pour grandir et devenir adulte, les membres, l'intelligence, la vision sauf, répète ma mère en roulant des yeux, le langage ! le mien se réduit à quelques sons dont le « e » muet, ce qui fait que je n'achève pas mes phrases ou que je ne les commence pas, c'est selon. Dans la vie de tous les jours, être un muet est embêtant, car enfin il faut bien communiquer, avertir, chatter, consoler pour prendre sa place dans la société. Autrement on passe après les autres. Le son à peine vocalisé, il s'amuït, ce qui me fait une bête gueule de benêt. Car chez nous, les grandes gueules tiennent le haut du pavé. C'est comme cela partout, paraît-il. Chez les escogriffes à deux pattes aussi. Plus tu gueules, plus on te remarque, et comme souvent, ceux qui n'ont rien à dire parlent davantage que les autres. Le plus bavard d'entre nous est devenu le leader de notre génération. Il se nomme Sttttellaaaaa avec trois ou quatre « t » et je ne sais combien de « a ». Autant vous l'avouer tout de suite : c'est un con, je ne l'aime pas. Il parle pour ne rien dire et quand il ouvre le bec, c'est pour sortir une connerie du genre : « La vie c'est super, la vie, c'est giga, allez mec ! chante avec moi ! »

Lui il chante tout le temps, enfin ce qu'il appelle « chanter », parce que, soit dit entre nous, il n'a pas une voix d'opéra, il couine plus qu'il ne chante et les paroles de ses chansons, alors là ! Du pipi de moinillon ! Mais c'est une vedette ! Plus t'es con sur les ondes, mieux tu passes !

Moi j'accomplis bien mon travail, je picore, je râtelle, je suis le premier à dénicher le lombric dans un caca ; le premier à repérer les prédateurs et ils sont nombreux les prédateurs, à quatre ou à deux pattes, plongeant des airs comme des missiles ou rampant dans la boue comme des commandos. Dans le domaine vital du repérage, je suis bien meilleur que Stttellaaaa. Lui, il ne voit rien, tout est beau, tout est gentil. Je l'ai prévenu, un jour il se fera croquer par Raminagrobis, ou exploser par un missile ou coincer par un autre prédateur. J'ai prévenu nos autorités à ce sujet, ils ont répondu que c'était la star, qu'il agissait comme il l'entendait. Eh bien ! qu'il agisse comme il l'entend, ce vantard de mes deux, rira bien qui rira le dernier !

Aujourd'hui nous payons cher le prix de la vie. Partout on nous traque, on nous ferme la porte au bec. J'entends d'en haut les escogriffes à deux pattes bavasser à propos de nos crottes sur les toits, les trottoirs, à propos de nos dialogues intempes-

tifs ! Eux ils ne s'entendent sûrement pas : klaxons, radios à fond la caisse, hurlements, ils polluent le silence. En plus ces escogriffes empoisonnent tout ce qu'ils touchent, et tout ce qu'ils ingurgitent et dégurgitent. Ils adorent les poisons qui nous occasionnent des diarrhées carabinées.
Ne parlons pas du bonheur du gîte ! Où trouver à cette heure une maison bancale, un cabanon cabossé, des ardoises déplacées par le vent, des trous dans les murs, des voliges abritées ?
Nous sommes tous des sans-abri, des SDF, et même les quelques buissons qui bordaient les sentiers, les escogriffes à deux pattes les rasent ! Pour faire plus propre, disent-ils !
Je le crois, les enfants de mes enfants ne planeront plus au-dessus des prés et des bois d'un pays qui fut le nôtre depuis des millénaires. Pensant à cette tragédie, je toussote, mon estomac se crispe, mes yeux virent au blanc d'œuf. Qu'ai-je encore mangé ? De leur mort-aux-rats ? Les enfants d'un copain, à leur naissance dans le duvet (car les parents avaient eu la chance de trouver un logement, eux !), affichaient un drôle de portrait : l'un borgne, l'autre : cul-de-jatte ; le troisième : sourd ! Leur mère s'est laissé dévorer par Raminagrobis, de désespoir ! J'avais tenté de la consoler mais mes phrases sans voyelles ni consonnes n'ont pu mais !
Mon grand-père me racontait que jadis, nous étions aussi nombreux que les étourneaux ou que les fourmis, que nous remplissions le ciel mais que déjà les escogriffes à deux pattes nous

accusaient de bouffer leurs graines et de piller leurs cultures. Le massacre de notre race ne date donc pas d'aujourd'hui. En Chine, paraît-il, dans les années 50, ils programmèrent un génocide... Qu'allons-nous devenir?

Et pourtant sans nous, les arbres, les buissons, les taillis, les futaies, se tairont. Un silence de mort planera sur les campagnes, seulement brisé par les vrombissements des machines puantes.

Ah! merde!... voilà que le vomis me remonte dans le gosier, excusez-moi, il faut que je gerbe... ah! cette fois-ci, j'ai craché mon gésier.
Oui, les gars, je vais crever. Je me suis affalé sur le tarmac de la route qui traverse le village où habite l'auteur de cette histoire idiote. Si ce n'est pas Raminagrobis qui me dévore, ce sera une machine puante qui m'écrabouillera. Du coin de l'œil, j'en aperçois une qui dévale la rue à fond de balle, un dingue çui-là! Hé mais! je reconnais l'auto de l'auteur. Le salaud! Il va me liquider!...
PAAAF!

Eeeeeuuuu!

Miss Ardenne

Le temps des « miss », c'était les années 50, l'époque de Rita Hayworth la vamp, ah ! sa danse dans Gilda, et l'effeuillage de ses longs gants noirs, très rop-sien !; d'Esther Williams la naïade, de Lana Turner, la sulfureuse, compagne de la mafia comme Frank Sinatra ; de Martine Carol, de Michèle Morgan, la blonde aux yeux de ciel pur... les concours d'élection de miss fleurissaient, Miss Monde, Miss Europe, Miss France, Miss Belgique... On sortait de la guerre, les GI's collaient les effigies des pin-ups dans leurs chambres et sous leurs tentes, les aviateurs sur leurs Mustangs ou leurs Spitfires, et les pubs de miss en maillot de bain une pièce, et par la suite en bikini, tapissaient tous les murs, pour Coca-Cola et Orangina. Succéda l'époque de la contestation, Mai 68, la guerre du Vietnam, les hippies après les beatniks, la pilule contraceptive, les féministes surtout : haro sur la femme-objet, la femme-nichons ! On oublie aujourd'hui qu'après la guerre, une Europe délabrée désirait des enfants, et donc aimait les lolos maternels de Turner, de

Marilyn, de Diana Ross, et de Gina Lollobrigida et Sophia Loren. Après 68, fini ! Le deuxième sexe se révoltait, la femme égale de l'homme, sus aux miss, ces bêtasses juste bonnes à montrer non leurs rondeurs mais leur maigreur et leur cul épilé, incapables de prononcer un mot, juste bonnes à sourire béatement pour les médias. Cela était entendu, la question réglée une fois pour toutes. Vraiment ? après les années Reagan et Thatcher, les années 80, d'un néocapitalisme rénové et aussi sauvage que celui du XIXe siècle, revoilà les concours de Miss qui se multiplient, Miss Patate, Miss Beurre, Miss Confiture, Miss Pomme, Miss Gaume, Miss Luxembourg, Miss Sud-Luxembourg, Miss Centre-Luxembourg, Miss-Nord-Luxembourg... chaque patelin a la sienne, chaque quartier, chaque fête sportive et bibitive, même les soldes de juillet et de janvier... mais point de Miss Ardenne ! Non, il n'y en a pas !
Ni de blondes, ni de brunes, ni de rousses ! Cela nous manque, nous sommes en manque de miss, donnez-nous des miss pour faire kiskiss, de jolies cuisses, de ronds mamelons, des fesses maîtresses, des culs tout nus, et surtout des monts de Vénus, qu'on en use, qu'on y skie, qu'on y grimpe, qu'on les mate, qu'on les parfume, qu'on les hume, qu'on les caresse pleins d'ivresse, ô joliesse des blasons de la Femme d'Ardenne, opulente comme le jambon, plantureuse comme la Meuse, si fraîche sur les quais de Liège... aucun organisateur de concours d'élection de Miss Ardenne à l'horizon ? Remédions à la situation... moi je n'aime pas les beautés fades,

prosaïques, formatées de ces concours en maillot de bain, en robe du soir et en déshabillé quand elles passent et repassent sur l'estrade devant les yeux grossis des journalistes du cru et les regards salaces des notables bedonnants. J'aime la beauté simple, quotidienne, plutôt en rondeurs qu'en angles aigus, d'une Margot de village telle qu'il s'en rencontre dans chaque village d'Ardenne. C'est elle que j'élis Miss de ma région, ses regards sont pétillants, sa bouche gourmande, ses seins à peine gros, son ventre légèrement rebondi, ses cuisses fermes, ses bras costauds, bref sa beauté ne répond pas aux canons de la beauté standardisée, style haricot, et dans ce concours elle serait, heureusement pour elle, recalée.

Telle était Véronique qui aimait Nicolas, dit Colas, vous savez le bûcheron qui habite sur le dessus de la rue des Eaux-Bonnes, pas très malin mais fort comme un Turc, un torse épais comme l'arbre, une tignasse embroussaillée comme un feuillage et des mains pareilles à des battoirs, aussi larges que la lame de sa hache. À cette heure, les bûcherons se servent de la tronçonneuse, ils perforent les bois, juchés sur leur immense machine qui triture non seulement les arbres qui entrent entiers dans leurs pinces et en ressortent tout nus et parfois presque émiettés, mais il n'y a guère, disons quarante ans, leur seul outil c'était la cognée. Quarante ans, c'est loin et proche, une génération, quand l'Ardenne bascula de la civilisation orale à la culture de l'écrit et bientôt en dix ans, à celle des multimédias ; d'un mode de vie rural qui, depuis nos ancêtres les Gaulois, n'avait pour ainsi dire guère changé, sinon que les curés et les instituteurs avaient remplacé les druides, et que la fée électricité était apparue avec la radio. Lever au chant du coq, coucher avec les poules, une vie réglée par la messe du dimanche, et rythmée par les fêtes et les ducasses, Noël, Pâques, la procession du 15 août, et le jour des Morts par exemple, nom chrétien de Samain, ou Samonios chez les Celtes, quand les morts rendent visite aux vivants. Une croyance millénaire à laquelle plus personne ne croit à cette heure même en Ardenne, et pourtant... mais revenons à Véronique et à Colas. Ils s'étaient juré de publier leur promesse d'union le soir du Grand Feu que la jeunesse du village organisait à côté du terrain de football où elle avait dressé le bûcher destiné à brûler le «sbèra» de l'hiver (le mannequin), et tous dans le village étaient au courant de cette union et s'en réjouissaient. Ah! certes elle ne connaîtrait pas une vie facile la Véro mais qui en ce temps-là, vivait une vie facile? et les femmes moins que les hommes, quand elles lavaient, reloquetaient, lessivaient, repassaient, pendaient le linge, cuisinaient, vaissellaient, allaitaient, pomponnaient, nourrissaient, briquaient, polissaient, dépoussiéraient, sans compter qu'elles fanaient en juin, aidaient à sarcler, à jardiner, à bêcher, et à s'occuper pendant leur temps libre, quand leur temps était-il libre? de leur mari. Ah! oui, les miss actuelles, bien peinardes secrétaires dans les bureaux chauffés, qui asticotent pendant une heure leur frimousse avant de se rendre au bureau, qui passent le samedi après-midi dans les boutiques d'Arlon, de Namur, de Liège, de Sedan, ou de Luxembourg, en quête des nouvelles fringues, qui lisent les hebdomadaires où tout le long de l'année on leur prodigue des régimes minceur, et des recettes de séduction, en maquillages sophistiqués et en dessous lingerie affriolants, ces miss-là en sont loin de ma Véronique. Je sais, l'époque a changé, on ne vit plus comme des arriérés, comme des bêtes, je sais ! Mais n'empêche, j'ai mon avis de vieux con et de macho invétéré là-dessus...

La promesse fut scellée devant le grand feu, sous les applaudissements de la Jeunesse. Colas souleva de terre Véronique, aussi facilement qu'une plume, et l'envoya deux mètres en l'air pour la rattraper dans ses bras robustes, et une fois encore, et encore une fois sous les « hourras » des jeunes du village. Véronique était rouge comme une pivoine, d'émotion et de honte, car nos filles sont pudiques, et Colas riait aux éclats, d'un rire tonitruant, son torse ronflant telle une caverne visitée par un coup de vent. Et l'on se lança dans la danse, farandoles, maclottes, valses, mazurkas, et même le be-bop ! vous vous rendez compte, commentèrent le lendemain les commères du village, le gars lance la fille en l'air, qu'on lui voit même la culotte !...
— Oh ! c'est indécent ! C'est le curé Balthazar qui ne sera pas content, et la Véronique aussi ?...
— Ouuuuiii !... au début elle refusait, mais Colas n'en a eu cure, et l'a projetée en l'air.
— Houlalala !...

— Presque aussi haut que le bûcher du grand feu, à croire qu'il l'avait balancée dans les flammes...
— Holà !...
— Comme je vous le dis.
— Enfin... en v'là quand même deux qui s'aiment !
— Ah ! pour ça oui, ils s'aiment.
— Donc c'est un demi-mal, le curé comprendra.
— Ben oui, ils sont jeunes. Il faut que jeunesse se passe !

Le jeudi suivant, de grand matin, Véronique passa sa plus belle robe à volants, rouge et blanche, qui mettait en valeur ses seins gonflés, et ses jambes brunes et lestes, et monta dans le bus, direction le marché de Bastogne. Tous les camelots étaient présents, et même le Congolais qui vendait du nougat, que nous appelions, étant gamins, « carabouilla ». Engagé dans l'armée belge, il fit le coup de feu durant la Guerre, et demeura au pays. Nous l'aimions bien, son accent, son sourire, et ses nougats ! Évidemment Véronique lui en acheta pour sa petite sœur et ses neveux. À l'époque les friandises étaient rares, une fois la semaine, au retour du marché, quelques « couques », un cramique bien tendre, une pâtisserie de chez Collard, et nous étions heureux. À cette heure vous savez ce qu'il en est, des chips, des sucreries, au point que les obèses prolifèrent, le problème des trop-nourris, l'époque des berlafs est arrivée !
Des légumes elle n'avait nul besoin, comme tous les villageois d'ailleurs, le jardin, et les bocaux stérilisés pour l'hiver y pourvoyaient largement,

c'était bon pour les citadins, dans ce cas les Bastognards dont les gamins se moquaient... «Bastognard, cul de pétard, mougne ta gueuye, t'arès di lard!» (Bastognard, gros cul, mange ta gueule, tu auras du lard).
Un peu de viande peut-être. Des salaisons si réputées dans la villette, non. Dans la cinse on possédait un saloir et on fumait le jambon aux genêts. En fait, le marché servait de prétexte pour rencontrer les copines et annoncer la grande nouvelle, le mariage avec Colas aurait lieu en août, la semaine avant l'Assomption. Les sourires des amies, leurs regards envieux, elles viendraient à la noce pour sûr, Véronique serait la Reine ce jour-là et la Reine pour toujours dans le cœur de Colas. Elle acheta des poulettes à engraisser, un canard, et un porcelet qui couinait à décoincer les tympans d'un sourd. Elle passa outre les camelots, marchands de casseroles, d'outils, bonimenteurs de produits miracles, philtre de jeunesse, crème amaigrissante, mais s'arrêta devant le marchand de lunettes. Les lunettes de soleil l'intéressaient. Elle chaussa une paire. Quelle allure! s'exclamèrent les copines. On dirait une actrice de cinéma!...
— ... cinéma?... mademoiselle, vous voulez faire du cinéma?

Elle détourna la tête d'abord, elle était habituée aux charlatans de la Foire, autre chose l'intéressait: les légumes qu'elle apercevait à quelques mètres, sur l'étal d'un camelot flamand, si flétris, si petits, notamment les épinards, comparés aux légumes de leur jardin, de son jardin car le père lui avait dévolu la tâche de jardiner, elle n'en était pas peu fière, mais au fil des années, le travail lui pesait de plus en plus. Les épinards par exemple qu'elle devait préparer demain : d'abord les cueillir, ensuite effeuiller les tiges, feuille par feuille, du bas de la tige pour les feuilles les plus larges jusqu'au pistil, pour les plus minuscules ; ensuite laver les feuilles, huit à dix bains, en même temps qu'elle devait laver les salades, les persils, et découper celles-ci et ceux-là, et laver encore les radis, sans compter plus tard dans l'été, les carottes, les courgettes, les haricots à écosser, les petits pois... Déjà ses mains gerçaient, des lignes profondes creusaient leurs sillons dans les paumes alors que les mains des actrices, si blanches, si fines, la faisaient rêver ! Comment opéraient les citadins ? Ils achetaient leurs légumes ici, au marché, et même, depuis la guerre et l'arrivée des Américains, la plupart, à Bruxelles ou à Liège, se fournissaient en conserves, des boîtes qu'ils ouvraient et dont ils jetaient le contenu dans la casserole. Quel gain de temps et de peine mais pour quel résultat ? De cela, le vieux père ne voulait pas entendre parler, et si demain, elle lui préparait une soupe au persil, il n'était même pas question d'y mélanger une pomme de terre pour épaissir le potage, que des légumes du jardin ! C'était meilleur, d'accord, mais le père ne remarquait pas le travail harassant de sa fille, et les gars prétendaient que les femmes avaient la belle vie parce qu'elles se reposaient toute la journée à la maison ! Mon œil oui ! Cette pensée la révolta, et par bravade, contre ces mâles égoïstes, elle prêta attention aux dires du camelot.

— Vous voulez faire du cinéma, Mademoiselle?

Et pourquoi pas? pensa-t-elle.

— Une belle fille comme vous! Vous avez de l'avenir dans cette profession!

Il était bronzé, le cheveu jais, l'œil vif, dans son costume bleu clair, semblable aux hommes qu'elle admirait sur les publicités dans les magazines, «Confidences» ou «Nous Deux», qu'elle lisait en cachette dans les toilettes, au fond du jardin, parce qu'à la maison, un seul magazine était autorisé par la mère, «Le Patriote Illustré», parsemé de défilés militaires, des nouvelles de la famille royale, des reportages sportifs, et parfois, mais rarement, des potins de la vie des stars du cinéma et de la chanson. Un Français sûrement, de Paris peut-être, ou un Italien? Il connaissait Tino Rossi, Yves Montand, Jean Gabin. Vantard! répondit-elle en gloussant. Non, je vous assure, je ne dis que la vérité, insista le camelot.
Inscrivez-vous au concours de Miss Ardenne, l'élection a lieu ce dimanche, tentez votre chance!... Sous le chapiteau. Il y aura de la musique, un orchestre au complet, des sunlights, ce sera une soirée formidable!
Comme lors de la venue du cirque Bouglione à Bastogne, pensa Véronique, lorsque Zappy Max anima un crochet radiophonique, ici même, pour

Radio Luxembourg. Au fond, ce charlatan, il parlait et ressemblait à Zappy Max!
La tête des parents s'ils la voyaient en maillot de bain, défiler sur l'estrade devant toute la ville, la tête des gens du village! La tête de Colas! Elle imaginait... les photographes se précipitant, les flashs, les interviews... mais surtout elle imaginait leurs têtes à tous! Colas retournerait dans ses bois, les villageois et surtout les villageoises bavarderaient à qui mieux mieux, et le père et la mère... furieux, résignés?... Jamais elle n'avait passé un maillot de bain une pièce, et à cette heure, existaient même des bikinis, deux pièces, les hommes voyaient presque tout, ce attirail-là jamais elle ne le passerait, elle mourrait de honte!
De toute façon, le baratineur en remettait un peu trop, trop beau pour être sincère, et puis vous me voyez avec mes bras musclés, mes mains gercées... Mais tes yeux clairs comme l'eau de la fontaine de Saint-Monon, et ces cheveux d'or, et cette taille fine de guêpe, cette allure quoi!...
Demain tôt matin, elle devait aller aux myrtilles, sortir le vélo de son frère, et pédaler vers les bois de Compogne, ouïe, quelques dures côtes à monter, et cette barre du cadre du vélo et cette selle dure comme de la pierre qui lui sciaient l'entrejambe!...
Elle rechigna lorsque la mère l'obligea à aller aux myrtilles, seule, la première fois, ensuite elle y prit goût, car seule dans le bois, le ciel bleu au-dessus d'elle, tacheté des feuillages, elle s'allongeait sur le dos dans la mousse, et se laissait bercer par le vent qui caressait sa peau. Au gré des vagues du

vent, son esprit allait et venait, de la ville, Paris, vers sa campagne. Ah! Paris!... elle porterait cette combinaison de soie immaculée, ses bas de soie, ses jarretelles dorées, et se prélasserait sur un lit à baldaquin, elle ferait la grasse matinée jusqu'à midi, elle qui se lavait dès potron-minet, au chant du coq. Un homme entrerait en habit de fête, un smoking... mais qui serait-il? Elle n'apercevait que Colas mais Colas en smoking dans un décor pareil de mousseline, de soie, de guipures, de dentelles, et à l'atmosphère chargée de parfums qui feraient tourner la tête, c'était impossible, et cette impossibilité la mettait mal à l'aise... elle rabattait sa chevelure blonde sur ses yeux pour fuir ce rêve mais le vent doux qui s'insinuait sous sa robe et léchait doucement le haut de ses cuisses et son bas ventre, lui inspirait d'autres pensées qui lui chauffaient le sang. Alors, elle passait ses mains sur son ventre, sur ses seins, le long de ses cuisses, elle massait son ventre et ses seins, oui, bientôt, Colas serait en elle, Colas lui donnerait un enfant, et le vent s'entêtait à la caresser de plus belle, et le ciel taché de feuilles vertes et bleues tournoyait au-dessus d'elle, et dans sa tête... quand elle remontait sur le vélo et accrochait le sac rempli de myrtilles noires et luisantes au guidon, elle était prise de vertige... cet univers de soie et de dentelles comparé à son petit monde, confitures, fromages et saucissons, Paris et Colas... la contradiction insoluble!... Elle zigzaguait sur la route, et chantait, «Ramona j'ai fait un rêve merveilleux...»... gare aux myrtilles!

Vite le devoir la rappelait à l'ordre! Dans ce panier, dix pots de confiture au moins, les laver encore, préparer la casserole, le sucre, et puis touiller, touiller dans la casserole, c'était pour elle encore! Et un pot pour la voisine ou plutôt le voisin qui les avait conduits à Liège dans sa belle auto verte caca, et un pot pour la marraine, et un pot pour le parrain de baptême... et finalement, pour eux, il ne resterait que quelques pots, et la mère soufflerait dépitée au bout de quelques jours: «il n'y en a déjà plus!», et hop! retour vers le bois de Compogne, la cueillette des myrtilles, et le ciel, sainte Vierge, ce ciel d'un bleu intense, chargé de toutes ses espérances...

Voilà le genre de situation qui suppose plusieurs scénarios dont je laisse le choix au lecteur.
Ou Véronique écoute le beau parleur, et jette son bonnet par-dessus les moulins pour s'embarquer dans la voiture américaine du charlatan, chromée et d'un rouge vif, abandonnant son ancienne vie de petite villageoise destinée à Colas le bokion, et adieu veau, vaches, cochons, couvées pour une autre vie! Quelle vie? Si le charlatan est un maquereau?... Le trottoir dans la grande ville. Récit misérabiliste. S'il est sincère, voilà notre Véronique sur les routes, oubliant son jardin pour les conserves, dormant la nuit sur la banquette arrière de la Chevrolet, et faisant l'article sur les foires pour les produits miracles jusqu'au moment où le charlatan l'oubliera au bord de la route. Récit naturaliste. Ou elle décroche le gros lot, rêvez, file vers Paris, est remarquée par un

metteur en scène, et devient une actrice célèbre des écrans. Amie des poètes et des peintres, elle inspire Picasso ou Man Ray. Égérie, son destin passe à l'histoire, telle celui de Pâquerette, jolie Wallonne, première maîtresse de Picasso. Récit des romans-photos. Ou elle se moque des boniments du gars aux cheveux gominés, passe son chemin et s'en retourne vers le village, la ferme, son jardin, et son gentil Colas qui l'attend, bras ouverts, et le cœur candide, pour une vie de labeur, rythmée par les fêtes, les ducasses, la messe du dimanche et les processions, jusqu'aux naissances de son premier, de son deuxième, troisième, quatrième et pourquoi pas? cinquième enfant. Alors les communions et confirmations suivront les baptêmes, et plus tard elle s'esbaudira aux mariages de ses fils et de ses filles avant de connaître les baptêmes de ses petits-enfants. Elle suivra la voie tracée par ses grand-mères depuis la nuit des temps. Récit réaliste. Qui le sait? Quelle voie choisira-t-elle?

Justement sa petite-fille Annabelle poursuit aujourd'hui une carrière d'actrice au théâtre et au cinéma, sans être passée par un concours de Miss comme Marilyn ou Rita Hayworth, mais par l'école, tout simplement, et quelle carrière! Il paraît qu'elle sera remarquée au prochain festival de Cannes, et vous savez? elle joue dans un film wallon tourné dans les Ardennes, comme je vous le dis! Changement d'époque. Quand Annabelle lui a annoncé, il y a quelques années, qu'elle désirait faire du cinéma, Véronique éprouva un malaise, et revit cette scène du marché en été, le bonimenteur aux cheveux de jais, les rires d'envie de ses copines en apprenant la bonne nouvelle de son prochain mariage, et ses rêves à elle, de partir à Paris, de vivre une autre vie, et son retour, la tête basse, le cœur lourd, vers le village, et les réflexions...

— T'es triste Véro ?... À cause du mariage ?... oui, tu quittes ta vie de jeune fille... mais par amour pour Colas Véro !

Pour Colas oui.

Elle embrassa sa petite-fille Annabelle, et lui dit en essayant de retenir ses larmes :

— Vas-y. Inscris-toi à l'école, tente ta chance.
— Merci, mamy, répondit Annabelle. Toi, tu m'as toujours comprise, ce n'est pas comme maman ni comme papa. Ils prétendent qu'en m'engageant dans une carrière artistique, je n'ai qu'une chance sur cent de travailler plus tard.
— Et alors ?
— Alors il répètent que je ferais mieux d'entreprendre des études plus sérieuses.
— Mais le cinéma c'est sérieux, le théâtre aussi ! Suis ta voie, fillette, n'écoute que ce que tu ressens au profond de toi, la petite voix qui parle en toi...
— Mais, Mamy, deux petites voix parlent en moi, l'une, la plus profonde, la plus proche de moi, dit : vas-y, ose ! fonce ! c'est ta vie à toi Annabelle, et pas celle de tes parents ni celle des voisins, ni celle du qu'en-dira-t-on ; et l'autre voix la contredit :

idiote! tu n'en fais toujours qu'à ta tête, et ça va te mener où cette lubie, ... au chômage, si tu as la chance de réussir ces études-là, autrement c'est le chômage aussi, alors sois raisonnable... Tu vois, mamy, deux voix parlent en moi, la folle et la raisonnable.
— Écoute la folle.
— C'est toi qui me dis cela?
— Oui.
— T'es moderne, toi, mamy?
— Je ne sais pas si je suis moderne ou pas, mais crois-moi, mon poyon, il faut toujours écouter sa petite voix profonde.
— Tu l'as toujours écoutée toi?
— Parfois oui, parfois non. Mais naguère les filles n'avaient pas les possibilités qu'ont celles d'aujourd'hui, elles devaient travailler puis se marier...
— Mamy, merci. Je t'embrasse.

Là, Véronique ne put retenir son émotion, et même si l'expression est classique, j'ose écrire qu'elle versa un torrent de larmes sur l'épaule de sa petite-fille Annabelle.

La forêt

Qui est-ce?

Pour Dominique, à l'occasion du festoiement de son anniversaire à Quincy, le 23 avril 2006.

Avez-vous circulé la nuit, seul, au hasard, dans la forêt d'Ardenne, en automne ou en hiver? Seul à l'opposé des touristes qui se déplacent en été, pendant la journée, sur les autoroutes ou les nationales, direction les sites recommandés? Du côté du lac des Forges en France ou des Fagnes en Wallonie, de Saint-Hubert, de Bouillon, par la forêt d'Anlier? Non? Eh bien! allez-y. Vous rencontrerez des êtres surprenants. Non seulement des chevreuils à la course ailée, le grand cerf au port de tête majestueux ou des sangliers déboulant tout à trac au détour d'un virage, et peut-être qui sait?, comme moi, près de la Misbour, dans la forêt d'Anlier, ce gnome au visage étrange, planté au milieu de la route, les bras levés comme s'il

implorait le ciel. Déjà je l'avais entrevu quelques fois qui, dans les fossés de la long de la route, s'escrimait avec je ne sais quel objet ou animal. Certes la nuit est sœur jumelle du rêve et les cris de la chouette propagent l'effroi dans les cœurs sensibles, mais que nous révèle le jour dévoré par la souris du temps, selon Michel-Ange, sinon l'apparence des êtres, la façade des objets, et le masque des sentiments?
Autrefois, en cet endroit de la Misbour, où ne croissent que des hêtres et des chênes, s'élevait une église qui fut incendiée et pillée. Était-ce son curé réincarné qui m'apparaissait ce soir de lune? D'ailleurs était-ce un curé? Il ne portait pas de soutane mais une sorte de bure, et une corde ceignait ses reins, et ses pieds nageaient dans des sandales. Par cette froidure, il aurait dû attraper un catarrhe. Pourquoi s'était-il décidé de sortir de son fossé et de m'arrêter? J'approchai au ralenti. Dans la lumière des phares, je détaillai parfaitement son visage, une figure ridée comme une pomme cuite, un nez comme une saucisse piquée au milieu d'une tête ronde. Il croisa ses mains sous ce que je nomme son museau. Ses yeux voilés par l'ombre me surveillaient sous des sourcils froncés. Un regard pénétrant. J'approchai encore. Non, gnome, tu ne me fais pas peur. Je baissai la vitre de la portière et m'adressai à lui:

— Que me voulez-vous?

Il ne me quittait pas du regard et je remarquai la couleur de ses yeux, automne triste, mouillé

de pluie comme la route. Je devinais du chagrin dans ce regard, et le vent qui s'était levé sur la forêt tordait sa bure autour d'un corps maigre, le transformant en un cierge de cire brune.
L'âme des êtres se révèle durant la nuit, où avais-je lu cette idée ?
J'avançai encore, le parechoc avant de la voiture le touchait presque. Ses yeux qu'il avait grands et ronds, me faisaient penser aux flaques d'un champ inondé. Des rayons de lune argentaient leurs miroirs, et des larmes y tremblaient. Était-ce bien un moine ? Aucune croix, aucun chapelet ne pendait à sa ceinture et à son cou !
Oserais-je sortir de la voiture ? le toucher ? Toucher un gnome comme toucher la bosse d'un bossu, porte chance. Et s'il s'agissait d'un être métamorphosé ? La forme humaine n'est parfois qu'apparence, tous les poètes qui comptent, soit les poètes visionnaires, le prétendirent. Et telle macralle se dissolut dans une nuée avant de gicler quelques secondes plus tard dans le corps d'un chat noir qui s'élance vers votre visage, toutes griffes dehors ! Voilà ce que me raconta dans mon enfance ma grand-mère ardennaise. Ce genre de conte fait bien rire les écrivains d'aujourd'hui qui se piquent d'analyse et de psychologie.
Il n'empêche que les yeux tristes du moine, si c'en était un ; que ses yeux tondus me paraissaient appartenir au même monde, au même souffle céleste ou infernal, que celui du vent qui s'était levé avec furie.

Vous savez, le temps et le vent ont une mémoire qui ne relève pas du monde réel que vous voyez à travers vos lunettes, mais d'un univers insaisissable et toutefois aussi présent que la musique ou que le rythme d'un poème.

Je dirigeai ma main vers la clenche de la portière quand un pressentiment subit m'empêcha de l'ouvrir. En sortant de la voiture, je quitterais peut-être le monde des apparences pour entrer dans celui des essences, des âmes. Alors peut-être le moine révélerait sa vraie nature, l'écorce de son visage craquerait, et derrière la peau tombée comme une peau de serpent, que verrais-je? Un visage pur, rayonnant tel celui d'un enfant? ou celui d'un monstre?

Je remarquai qu'à son cou, il portait une minuscule médaille de cuivre au motif trilobé, du style d'un triskell, qui brillait à la lumière de la lune.

Le triscèle symbolise chez les Celtes, les trois éléments qui composent l'univers, l'eau, la terre et le ciel, mais aussi les trois mondes, le positif, le négatif et l'inconnu ; les trois sexes, le féminin, le masculin et le pédéraste ; le survivant, l'outre-tombe, et l'esprit.

— Qu'est-ce que c'est que cette mascarade ? pensai-je tout à coup.

Un curé, un moine ou un druide ? J'avais entendu cette légende qui prétend que la chapelle du Misbour avait abrité un curé réfractaire durant la

Révolution française, qui avait été livré pour une somme d'argent et ensuite décapité. Je connaissais aussi le fait que la chapelle chrétienne dont il ne reste que quelques pierres de fondation à cette heure, avait été construite sur un site sacré gaulois ainsi qu'il fut de coutume pour la plupart de nos églises. En outre, au pied de la chapelle, coulait une source, abri des fées selon les croyances des druides.
Le gnome était-il le fantôme du curé réfractaire ou celui d'un druide ?

Allons, me dis-je. Cessons de battre la campagne ! revenons sur terre !
Et si j'avançais encore, si ma voiture touchait son corps ? Crierait-il ? Je pensai aux gnomes et aux nains des contes et des mythes : le Mimé des Niebelungen, le nain Andravi des Eddas. Au vrai, il n'était peut-être qu'une image que mon esprit projetait devant mes yeux. Je rencontrais une de mes pensées, ou la résonance des mots d'un poème, une métaphore d'où était jailli le gnome. Machinalement je fis le signe de la croix.
Ah ! ses yeux d'automne triste, dont le regard allait droit dans le mien. Dans ce miroir gris, je voyais une taupe sortant de son labyrinthe, j'entendais une musique de Berlioz. Ces yeux si particuliers, tondus, oui tondus ! appartenaient à un autre monde puisqu'ils m'apparaissaient en silence dans une heure lunaire.

Allez ! me dis-je ! ça suffit ! Assez divagué !

Des deux mains je tapai mes joues, mon front, pour me réveiller, mais le gnome demeurait présent dans la lumière des phares ;
Bon, c'est certain ! je rêvais ! Le rêve est insaisissable mais il sèche comme une flaque d'eau sous les rayons du soleil. Demain matin, il n'y paraîtrait plus !

Je fis vrombir le moteur. Le tintamarre ne l'émut pas.
Était-il si étrange de voir une telle apparition ? Si vous regardez les nuages ou si vous laissez courir librement votre crayon sur le papier, vous verrez dans le ciel ou sur la feuille, des portes, des puits, des cercles avec des bêtes au centre d'où partent des tentacules, et parfois lorsque s'épaissit l'obscurité dans votre tête et que vous regardez mieux, des jambes qui s'agitent comme des mâts de navire sous la tempête, des bras comme des fourches, et vous ouïrez des voix blanches tandis qu'à vos pieds, près de la source de la Misbour, des écrevisses noires s'approcheront de vos jambes.
La nuit, n'avez-vous jamais entendu tousser quelqu'un, et si vous avez un chien ou un chat, ne l'avez-vous jamais entendu PARLER, vous parler ? Si ! C'est que vous êtes entré en dormant dans le royaume des songes. Or l'Ardenne est un songe...

Bon ! criai-je soudain. Réveille-toi ! Fonce dans le gnome ! Tue-le ! Pulvérise-le ! Réduis-le en bouillie !

À la seconde où j'appuyai sur l'accélérateur, il se trouva assis à côté de moi, sur le siège du passager.

— Fous le camp ! ordonnai-je.

Trêve de billevesées ! Je vis dans un monde réel, à trois dimensions plus le temps, le monde des OGM, des guerres, du chômage, des sans-papiers, des feuilles d'impôt, des accouchements, des maladies, du travail, des bureaux, là ! Na ! Fous le camp !

À cet instant il saisit sa tête à deux mains et la posa sur ses genoux. Comme je vous le dis !
J'accélérai. Il demeurait, torse décapité sur le siège du passager.
À ma place, n'importe qui aurait hurlé, serait sorti de la voiture, aurait appelé un proche sur le portable. Je restai coi. Inexplicablement coi.
Puis, au fur et à mesure que nous progressions à grande vitesse dans un tunnel de feuilles et de branches humides, d'un geste lent, je posai ma main libre sur le crâne chauve installé sur les genoux du gnome et le caressai. J'entendis articuler distinctement :

— Merci.

J'allais répondre bêtement :

— Il n'y a pas de quoi !

Mais je me retins. Que diable, je ne me trouvais pas en rue mais dans ma voiture, la nuit, fonçant dans une forêt que je ne reconnaissais plus, à côté d'un corps de gnome décapité qui tenait sa tête sur ses genoux!

Je le devine, à ce stade du récit, vous me prenez pour un fou. Mais le mot «fou» est parent du mot latin «fors» qui se traduit «fouu» en wallon, ce qui signifie dehors. Or je ne suis pas dehors, je vis dedans. Vous, vous vivez dehors! Vous, vous êtes fous!

Son crâne n'était pas tout à fait lisse. Ma paume touchait des excroissances pareilles à des bourgeons. J'en saisis une entre le pouce et l'index et la fis péter comme d'un bulbe de fleur.

— Aïe! se plaignit la tête coupée. Vous me faites mal!
— Qui êtes-vous? demandai-je à la tête, en tapotant son occiput du bout de mon index.

Elle ne répondit pas. Je répétai ma question en tapant plus fort sur son occiput.

— Arrêtez de le frapper! intervint une voix caverneuse pareille à celle d'un ventriloque, qui provenait du buste décapité.
— Quand vous m'aurez répondu, j'arrêterai.
— Vous les survivants, ce que vous êtes des emmerdeurs, vous voulez toujours tout savoir sur tout.
— Répondez! insistai-je. Vous ou votre tête, peu importe! Parlez!
— Parler, parler... Vous croyez dire en parlant, vous les survivants, mais les paroles s'envolent.

Écoutez le vent, lui, il parle en soufflant tandis que vous, en parlant, vous ne faites que du vent.
— Arrêtez vos mots d'esprit. Déclinez votre identité.
— Il est d'une autre époque, continua la voix du ventriloque.
— «Il»? Qui est-ce? Votre tête?
— Évidemment.
— Comment se fait-il que vous ayez deux voix?
— Très simple. L'une pour le corps, moi le torse; l'autre pour l'âme, lui.
— Bon, que ce soit le corps ou l'esprit, répondez: qui êtes-vous?
— Nous sommes deux mais nous sommes un.
— Arrêtez vos salades. C'est le mystère de la Sainte-Trinité mais eux ils sont trois en un.
— Vous avez mis le doigt dessus là où il le fallait et sans doute sans le faire exprès, mon cher, répondit tout à coup la voix de la tête, plus aiguë que celle du torse. Nous sommes trois en un, car vous faites, vous, partie de nous.

Je freinai brutalement sur la route humide couverte de feuilles. La voiture vira. Un tête-à-queue. En un éclair défilèrent le tarmac, les troncs des sapins, les houppiers des chênes, la tête chauve, le torse décapoté; et la lumière de la lune dans laquelle brillait comme des yeux d'argent, le triskell pendu au cou du gnome.

Trois en un. Un en trois. Moi, la tête, le torse. Le gnome. Le curé réfractaire. Le druide. Je tournais comme une toupie.

Depuis mon accident sur la route qui va de Louftémont à Fauvillers, par la forêt, en passant à deux pas de l'antique chapelle de la Misbour, je me suis habitué à lui, et quand il m'arrive la nuit de l'apercevoir soudain sans l'avoir entendu, je n'en suis pas effrayé. Au contraire!
S'il reste longtemps sans me visiter, je m'ennuie.
Son crâne est chauve, sa figure ridée comme une pomme cuite, son regard voilé et triste, couleur d'automne, pareil au miroir gris d'un champ inondé. Je ne peux l'expliquer mais ses yeux doux comme tondus, qui pénètrent droit dans mes yeux, me parlent de moi, rien que de moi. Il vient à ma rencontre pour se reposer, et, avant de parler, quand il parle, il soupire et dans ce soupir, je devine une fatigue immense. Cet homme ou cette créature, bien vivante, est à bout. Il ne me visite pas pour me tracasser mais, décoré de son triskell qu'il ne quitte jamais, pour me dire cela, rien que cela: je suis à bout, au bout de ta vie.

C'est par les nuits où brille la lune, dans la lumière argentée, qu'il apparaît dans ma chambre ou dans l'éclairage des phares de ma voiture. Il est arrivé là sans bruit, marchant doucement, se dirigeant vers moi. Tantôt il paraît plus jeune que moi, tantôt plus vieux. Je caresse souvent son crâne chauve, ou je passe ma paume sur son dos et alors, sous son froc, je sens les os de mon squelette.

Des châteaux et des forêts

Que serait l'Ardenne sans ses forêts et ses châteaux? Forêt de Freyr, forêt d'Anlier, château-forts de Bouillon, de La Roche, et celui de nos cousins ardennais de France, Sedan, plus tous les autres, château du Pont d'Oye, d'Habay-la-Vieille, de Compogne... Vous rétorquerez, assez de poésie facile et folklorique, et avouons-le: que serait l'Ardenne sans ses files de caravanes en juillet et en août sur ses routes, Flamands et Hollandais, sans ses baraques à frites, ses salaisons, ses campings, le Mardasson de Bastogne, le kayak à Chiny et sur l'Ourthe, et le Tombeau du Géant, cadeau de la Semois, l'abbatiale de Saint-Hubert? D'accord! laissez cependant rêver le poète, le promeneur ou le cyclo qui désirent s'évader par les chemins de traverse et se perdre vers le Gros Chêne de la Forêt d'Anlier ou le Chêne à Bosse du bois de Nassogne. Mais s'évader est-ce encore possible? Éviter en été les quads, les 4x4, toutes les machines vrombissantes, puantes et polluantes. Reste l'hiver et ses frimas, heureusement, la saison morte quand personne ne visite plus les Ardennes sauf les Fagnards amoureux des grands espaces vides, et lors des neiges, les amateurs de ski de fond à la Baraque de Fraiture et à la Baraque Michel... Évitez les saisons trop encombrées, et les conseils des guides touristiques, ne lisez pas ces articles récurrents sur les itinéraires balisés, sur les fêtes où se presse la foule à cette heure, et choisissez un bon restaurant, il n'en manque pas, accordez-vous quelques jours, munissez-vous d'un bon livre pour la soirée, à lire au coin d'un feu de bois, et surtout, pendant la journée, au hasard, marchez... ce que je fis naguère, de retour dans mon pays, après un long séjour à l'étranger...

Je flânais ce jour-là dans les bois, et l'idée me prit de me diriger vers le château de R, en coupant à travers champs. Qu'était devenue la belle châtelaine dont j'admirais le style et l'allure quand j'étais gamin lorsqu'elle passait, droite sur son alezan, une écharpe jaune fuyant derrière son visage aux traits si fins, et la chevelure rousse au vent. Amazone, pensai-je. Cette idée ne me visitait point par hasard. Dans le village j'en avais entendu des vertes et des pas mûres de la bouche des commères, concernant la nouvelle châtelaine et son fieffé père, aussi gaspilleur que son père fut avare, aussi coureur de jupons que son père fut ascète. Qu'était devenue celle de mon enfance? À cette question, les bouches se fermaient. La raison de cette omerta?

Ce n'était pas un château ancien, il était à peine centenaire, et rébarbatif d'aspect avec ses pierres grises de schiste, que le mordoré de tourelles ornées de chèvrefeuilles avivait avec bonheur, du moins dans les images de mon souvenir. Celui qui fit édifier ce château assez petit, il y a plus de cent ans, le baron, comme on le nommait dans la région, était près de ses sous, il décida sans doute qu'investir dans des pierres ne valait pas davantage que ce qu'il en mit, soit pour l'époque, beaucoup moins que les sommes astronomiques que les nouveaux riches dépensaient. Ces derniers, capitaines d'industrie de la florissante économie wallonne de l'époque, Warocqué, Coppée, Boël, ou fils de roi, ne lésinèrent pas sur la dépense. Le baron radin ne transmit certes pas son avarice à ses descendants, du moins à son fils dont il sera question dans cette histoire. Les villageois racontaient qu'il se contentait de laitages et de légumes pour se nourrir, affamant pour ainsi dire sa famille qui chinait quelques en-cas auprès des métayers. Ils le comparaient en radinerie au roi Léopold II, son contemporain, qui répétait chaque jour qu'il déshériterait ses enfants parce qu'ils lui coûtaient trop cher. Il est vrai que ses danseuses venues de Paris et d'Angleterre lui coûtaient un os ! comme ses servantes engrossées au château d'Ardenne ou ailleurs qu'il avait le bon goût de nantir honnêtement.

Le château de R. se dressait dans une conque de collines boisées, comme au creux d'une immense main verte. J'y parvins avec peine, me perdant plusieurs fois au hasard des pessières et des sapinières qui se ressemblaient toutes. Enfin

j'atteignis un bois de feuillus, plus éclairci, et me souvins que l'ancien baron exploitait cette forêt jadis. Les pointes des tourelles se montrèrent, et voici le château, sévère, sombre, éclairé ce jour-là par un soleil maigrelet d'automne. Les gens du lieu n'osaient s'aventurer aussi loin dans la forêt et encore moins braconner, l'ancien baron était sur ce point, intraitable, et il usait encore du fouet vis-à-vis des paysans indélicats comme s'ils étaient des serfs. Même un lièvre disparu lui coûtait des colères que l'on disait mémorables. «Il n'aurait pas vendu un poil de son cul», disait-on. Mais depuis cet avare-là, la famille avait bien changé, du tout au tout, propageaient les rumeurs. Ah bon? demandai-je. Comment cela?... Ouais, à cet instant, motus et bouche cousue chez les indigènes. Après tout le baron faisait partie du village au même titre que le curé, que l'église, que l'instituteur et que Notre-Dame de Bonne Conduite qui protégeait jadis les voyageurs en route vers Luxembourg, à travers le sud de la forêt d'Ardenne! On ne médit pas des siens surtout devant un étranger qui parle comme un «Brusselaire».
Au fond je me moquais de ces racontars, et mon but était de rencontrer sinon la baronne de mon enfance qui devait être décédée, du moins sa fille... eh bien! non, l'amazone n'était point morte. Je l'aperçus immédiatement dans la cour du château, encore alerte, en train de s'occuper d'un parterre de fleurs. Vêtue d'une robe longue à l'ancienne, la même qu'elle portait jeune, de velours, un chemisier à dentelles, un véritable personnage romantique

tel que Musset en côtoya, ou pareille à l'épouse de mon peintre favori, Félicien Rops, à la fin du XIXe siècle, qui dut se promener et s'occuper de la sorte dans son château de Thozée. Le soleil pâle faisait briller les teintes vieil argent de sa robe. Elle ratissait les graviers maintenant, puis elle alla s'asseoir sur un banc de pierre. Quelle âge devait-elle avoir ? Quatre-vingts ans pour le moins. Elle se tenait droite comme une jeune fille, et de si loin on n'aurait pu lui donner son âge. Son abondante chevelure, toujours rouge, sans nuances de gris même, comme une gerbe retombant sur ses épaules. Et de dos, si mince encore, la taille bien prise dans cette robe d'une autre époque. La contempler de la sorte, dans ces circonstances, me faisait penser au héros du grand Meaulnes admirant sa promise à travers les futaies d'une forêt féerique. Oserais-je descendre la colline, et m'aventurer dans la cour, vers elle ? Lui parler ? Pour quoi dire ? Lui demander ce qu'était devenu son père le baron ? De quel droit ? Pourquoi aurait-elle répondu à un intrus ? Je rebroussai chemin vers le village, décidé de cuisiner un peu plus ces gens trop muets.
Vous vous interrogez : pourquoi ne donne-t-il pas le nom réel de ce château, ni les noms des villages alentour. Ils existent, croyez-moi, mais que diable, et le mystère ? Et ne vous ai-je pas conseillé de vous perdre dans les forêts d'Ardenne en quête de poésie et de féerie ? En outre, dans le cas présent, des personnes encore vivantes aujourd'hui sont concernées, donc discrétion oblige…

J'avisai le plus vieux du village, Djôsef, ancien chaudronnier, ferrailleur, forgeron, charron, qui s'activait encore tout le jour autour de casseroles, de pieux, et d'outils divers qu'il fabriquait et réparait à la demande...
— Je n'en sors plus, me confia-t-il d'emblée, cela va de la poussette du bébé à réparer, jusqu'au vélo du jeune qui est incapable de visser une vis, jusqu'à la tondeuse des nouveaux venus qui s'astreignent tous les deux jours à ce loisir idiot : tondre ! Je leur dis : tondre quoi et pour qui, pour quoi ? Ils m'zieutent comme des ahuris, comme si je posais une question imbécile. Mi, dji n'les comprinds nin les djônes d'à cette heure !
— Je voulais vous demander Djôsef, à propos du château de R.
— Ouais ?

Apparemment, qu'on parle du château ne lui plaisait pas, son visage bruni par les soleils et les gels se ravina un peu plus, on aurait dit le tronc rabougri d'un chêne centenaire incendié, et ses yeux au milieu de ce brûlis brillaient comme des braises.

— Euh ?... la châtelaine ?
— Elle habite le château que lui a laissé son père le baron.
— Je sais mais ce baron ?...
— Ah ! là là ! m'fi ! tu veux que je remue de vieilles histoires... C'est du passé ça ! Plus personne ne s'intéresse à ces gens-là qui ne s'intéressaient d'ailleurs qu'à eux, et il y avait de quoi vu...

— Vu?...
— Vu leurs malheurs, surtout ceux de la baronne, sa femme et surtout sa fille...
— Racontez Djôseph... allez...
— Allez... allez... remuer les cendres, ce n'est pas bon m'fi! Ça peut porter malheur.
— Cela restera entre nous.

Vous le constatez, je mentais effrontément, et sans tenir compte de la menace du père Djôsef.
Tels sont les écrivains, curieux comme des espions, pour le bon motif bien sûr, je m'empresse de l'ajouter. Cela, lecteur, vous devez le croire!

Pour le bonheur de mon écriture, Djôsef était en verve ce jour-là, et il me raconta «pour se changer les idées», me dit-il.
Le baron fut tout le contraire de son père, l'avare qui «comptait les poils de son cul», soit un gaspilleur et joueur invétéré, à vendre sa chemise. Il fréquentait plus souvent les salles de casino à Spa ou à Ostende, que le lit de sa pauvre femme, ce qui ne l'empêcha pas de visiter celle-ci au moins six fois, et ce qu'il perdait dans la salle de jeu, il le gagna à coup sûr dans le lit conjugal, résultat six enfants, dont l'actuelle baronne était la cadette. En outre, le baron allait se consoler de ses pertes au jeu, dans les bras de maîtresses qui lui épargnaient les récriminations de sa femme et de sa progéniture, tandis que son épouse, vaillante pour trois femmes, sauvait ce qui pouvait l'être de l'héritage, et ses enfants de la déroute. Mais le baron jouait, jouait, la dot de sa femme, son héritage paternel, tout,

jusqu'au château lui-même qu'il perdit, et même cette dégringolade dans l'ignominie ne l'arrêta pas. La baronne embarqua sa progéniture et chercha refuge dans sa famille, elle portait un grand nom et elle trouva chez d'autres «petits de», quelque réconfort jusqu'au jour où le baron s'en revint dans le minuscule appartement bruxellois qu'une tante lui avait prêté. L'air accablé, il s'écroula sur le sofa et demeura couché pendant trois jours et trois nuits sans que ses enfants ni son épouse ne parvinssent à lui arracher une parole. Cette prostration parut de bon augure à la baronne qui pensa que son mari, échaudé par des pertes successives et fatigué de ses petites demoiselles, revenait enfin au bercail, la tête basse, le cœur en berne, et la queue molle, heureux présages d'une conversion à une vie honnête et sans histoires, mais que nenni !
— Que pouvait-il encore jouer, lui qui avait tout perdu ? m'étonnai-je.

Le baron appela son aînée, et lui confia son terrible pari ;
— Ma fille, commença-t-il en prenant ses grands airs supérieurs, j'ai une bonne nouvelle à vous annoncer.
Autant dire que sa fille ne le crut pas.
— Vous allez vous marier.
— Père, je n'ai pas de dot.
— Justement, j'ai trouvé l'oiseau rare, un futur gendre qui ne réclame pas de dot, et ma foi bien fourni sous toutes ses coutures...

Ce qui signifiait, dans la bouche du baron, non que le futur marié fût charmant, désirable, gentilhomme et issu d'une haute lignée, qualités qu'espéraient toutes les jeunes filles de la bonne société, mais qu'il était plein aux as !

— Donc, dit-il à sa fille, ne pleurez plus, plus de jérémiades parce que vous ne pouvez tenir votre rang, parce que vous n'avez même pas osé paraître au bal des débutantes à la cour…

— Je n'ai même pas une robe de bal à me mettre, père, lui rétorqua-t-elle avec un regard pointu. À qui la faute, père ? Ma mère se morfond, elle mourra avant l'âge, et ne voilà-t-il pas que mes deux frères et mes trois sœurs sont obligés de fréquenter l'école publique, l'école sans Dieu, tout simplement parce que nous n'avons même pas de quoi payer le minerval au collège Saint-Michel chez les Jésuites, ou au pensionnat de la Vierge fidèle, où étudient tous nos amis et toutes nos amies, dont les princes et princesses de Belgique. C'est une honte ! termina la jeune fille, empourprée par la colère.

— Calmez-vous, ma fille. Ce mariage, enfin votre mariage, règle tous ces détails. Votre futur époux est si riche qu'il a racheté notre château qu'il vous léguera à vous et à vos enfants, et dans lequel ma famille pourra couler ses plus beaux jours… que dites-vous de cette générosité ?

— Père, je ne l'ai jamais vu ce… ?

— Et alors, la belle affaire, je vous l'ai dépeint ! L'affaire est-elle entendue ?

C'était une affaire en effet! Le futur époux avait gagné la main de la fille du baron au jeu de cartes, car c'était le dernier bien que le baron pût jouer encore, ses enfants! Heureusement qu'il ne s'arrêta qu'à sa fille cadette, la plus jolie, il aurait envoyé les autres comme esclaves en Arabie!
— Qui était ce gendre providentiel?

Le plus fieffé coquin de la région, laid comme un pou, escroc notoire, coureur de jupons, et bien sûr roturier, qui avait déjà gagné au jeu toutes les métairies du baron, mais compagnon de bordel, entre deux partouzes, il avait promis de laisser le château à sa future femme.
La fille aînée du baron accepta le mariage, que pouvait-elle faire d'autre? et elle supporta sans broncher la vie infâme de son mari qui continua à escroquer et à hanter les maisons closes en compagnie du baron. Dès ce moment, par on ne sait quel enchantement, le baron se mit à gagner, à gagner au casino à ne plus savoir que faire de sa nouvelle fortune malgré toutes ses maîtresses qui lui soutiraient de la bourse et des bourses autant que soutirer se peut. Vite la baronne mère se hâta de pourvoir ses enfants qui se dépêchèrent de quitter le château, l'un comme missionnaire au Congo, l'autre garçon dans l'armée comme il se doit, et des trois filles, deux bien mariées avec un époux de leur rang et la troisième au couvent, chez les Dominicaines.
— Ouf! soufflai-je, tout est bien qui finit bien.
— Si l'on peut dire, continua Djôsef.
— Quoi encore?

La cadette, la sacrifiée, n'avait toujours pas d'enfant. Son époux se désespérait tout comme son père vieillissant. On lui enjoignit de prier, de faire une neuvaine, d'aller frotter son ventre sur un menhir de Wéris. Elle n'obéit pas. C'était sa vengeance. On avait pris son corps, on n'aurait pas sa vie. Pour son bonheur, son mari s'enticha de voitures rapides et il se tua à Francorchamps. Dans les vingt pièces du château sombre et froid, ils vivaient désormais tous les deux en ermites, le père et la fille. La fille qui depuis son mariage, n'adressa plus la parole à son père.
Et lui, claudiquant de pièce en pièce, l'épiait qui s'occupait des parterres de fleurs, lentement, à son aise ; à midi elle déjeunait seule ; ensuite une sieste dans un fauteuil d'osier aussi vieux qu'elle ; après la sieste, elle dépoussiérait les bibelots, les meubles, et le soir, après le dîner frugal, elle lisait devant la cheminée jusque vers les dix heures quand elle se dirigeait vers sa chambre.
Le père occupait un fauteuil à trois mètres d'elle, devant la cheminée, mais ils ne se regardaient pas plus qu'ils ne parlaient.
— Le baron vit-il encore ? demandai-je à Djôsef.
— À vrai dire, personne n'en sait rien. Serait-il trépassé, que personne ne serait au courant, je crois que la fille serait capable de l'enterrer dans la forêt, ni vu ni connu.

Je décidai de pousser le lendemain, vers le château, à travers champs afin de revoir l'amazone de mon enfance. Je m'installai sur le haut d'une colline qui surplombait le château gris, et observai à la

jumelle toute la journée le rituel de la baronne pareil à celui que m'avait décrit Djôsef. Oui, malgré ses quatre-vingts ans, la baronne était restée aussi fraîche, et je vis en gros plan son visage encadré d'une chevelure rousse sans cheveux gris, comme préservée du temps. Seules quelques fines rides ténues parcouraient ses joues, de son regard bleuté vers son menton. Quelle magie préservait la jeunesse qu'on lui avait enlevée?
Le soir mordillait ma peau que j'étais encore à observer le château, la baronne était rentrée, je décidai de m'aventurer le long de la muraille qui soutenait un potager, me hissai, m'enhardis dans la cour. Au rez-de-chaussée, une fenêtre allumée. Je m'approchai. Un feu de bois éclairait une pièce sombre, et le visage hargneux, le front épais, les cheveux blancs, et la bouche tordue d'un vieillard, le baron. Immobile. Une ombre entra dans la lumière du feu. C'était elle, mon amazone à la chevelure de flamme dans sa longue robe de velours, couleur de vieil argent, surmontée d'une collerette en dentelles, elle qui m'adressait un sourire. M'invitait-elle à entrer? Je clignai des paupières, frottai mes yeux rougis à force de rester ouverts sur cette scène étrange, et m'en retournai à travers bois vers le village.
Des années plus tard, il n'y a guère, je me suis enquis des habitants du château de R. La châtelaine vit encore. Le baron? Nul ne sait ce qu'il devenu. Mais logiquement il doit être décédé sans qu'aucun enterrement n'eût été célébré. Sa fille l'a-t-elle balancé dans une fosse, au milieu de la

forêt, sans tambour ni trompette ? Qui le sait ? Et au village, je vous défie d'arracher aux habitants un avis quelconque sur la mort du baron, ni sur le château.

K comme Kernunnos

C'est après une nuit d'angoisse que je marchais d'ahan ce jour-là par la forêt de Saint-Hubert, un peu perdu dans ma tête mais je ne me dirigeais pas au hasard dans la forêt domaniale Saint-Michel, non loin du Fourneau du même nom que Willy Lassance s'activerait à rénover quelques années plus tard... Machinalement j'empruntais les sentiers qui me paraissaient les plus fréquentés, et, arrivé au sommet d'une longue côte, j'avisai l'arbre étrange que je cherchais, hêtre immense, plus que centenaire, celui que l'on baptisait depuis des siècles l'Arbre des Pèlerins, ou le Hêtre du vieux Bon Dieu, traduction du wallon «Li Hesse du vî Bon Dju». Il était sacré et l'objet de la vénération non seulement des villageois ou des habitants de Saint-Hubert, les «Borquins», mais de nombreux pèlerins venus de Belgique, de France, et d'Allemagne. Le tronc de l'arbre était couturé de cicatrices, traces des ex-voto cloués dans sa chair, et gravé de multiples initiales. En enfonçant des clous dans cet arbre, nos ancêtres et les pèlerins croyaient chasser leurs maux, par exemple des furoncles, ou se protéger du mauvais sort et du diable. J'aurais pu rire de ces superstitions mais après ce que j'avais vécu quelques heures plus tôt et que je vais raconter, je n'en avais ni le goût ni même l'idée. Et puis des superstitions, le monde actuel en déborde, les petites croix porte-bonheur, le chiffre treize, les échelles, tout le monde connaît, et qui n'est pas un rien superstitieux? Alors pourquoi pas moi? me dis-je. Et je retirai de ma poche, le clou. Quinze centimètres de long, presque un poignard. J'y nouai une charpie sur laquelle j'avais écrit mon nom et son nom à elle, et je le plantai à hauteur de mes yeux, bien en vue, le plus profondément possible dans l'aubier jusqu'à ce qu'il se bloque contre je ne sais quel obstacle, un autre clou sans doute et que j'entende distinctement un cri de douleur, tant aigu que je ne pus croire avoir rêvé? Je reculai d'effroi. Là-haut le géant agitait ses bras sous le vent d'automne, mais rien de plus curieux. Je frappai de nouveau de mon marteau. Nouveau cri, aussi fort que le premier. Était-ce l'arbre qui vibrait sous le vent d'automne? Peut-être. Les forestiers savent que les arbres «parlent», qu'ils gémissent sous la tempête ou se réjouissent à la brise, simple effet physique du mouvement du tronc et de la tête de l'arbre, or celui-ci perclus de centaines de trous, blessé depuis des siècles, en avait peut-être son soûl, mon clou l'atteignait sans doute au cœur. Je caressai son tronc cicatrisé comme pour m'excuser et lui demander pardon. Les arbres vivent. Ont-ils une conscience ? Pourquoi pas ? Comme la terre, comme l'océan, comme l'univers, qui bourgeonne, s'enfle, s'étend au rythme d'un souffle dont nous ignorons et la source et les lois. Mais tout de même ce cri ! Comme si j'avais enfoncé mon clou dans le flanc d'une personne. Je m'éloignai de l'arbre, passablement perturbé, car ce fait singulier s'ajoutait aux autres que j'avais vécus les jours précédents.

Figurez-vous que je revenais dans mon Ardenne, après deux ans d'absence, dans cette maison de la forêt d'Anlier, non loin du Pont d'Oye, dont je retrouvai sur-le-champ le parfum d'enfance et d'automne dès que j'en poussai la porte d'entrée, « l'huche » en wallon.
Je revenais fatigué des voyages au long cours, décidé de jouir d'un calme reposant dans cette bâtisse antique dont je reconnus le petit jardin, jadis entretenu par mon épouse et à cette heure devenu une friche, et l'enfilade des quelques pièces de la maison. C'était une maison typique de l'Ardenne, basse, sans fondation, comme posée sur la terre rocheuse, au toit d'ardoises du pays, pareille à un blaireau qui se tapit. Car de la route, on le l'apercevait pas, il fallait presque avoir le nez dessus pour se rendre compte qu'ici, à l'orée de la forêt, au pied d'un escarpement rocheux, se trouvait un habitat humain. Je vivrais ici seul, volontairement seul, au moins durant une année, me disais-je, et effectivement, pendant les six premiers mois de réclusion, au long d'un automne et d'un hiver interminables, jamais l'idée ne me traversa

d'aller voir au-dehors de ma masure. Mes seuls compagnons furent les corbeaux et l'épervier qui atterrissaient devant la porte pour nettoyer mon seuil des morceaux de pain que j'y jetais et les écureuils qui cabriolaient dans les branches des arbres. Quand la neige tomba, son manteau de feutre me protégea encore davantage de l'extérieur dont je n'avais plus de nouvelles, moi qui pendant vingt ans, avais vécu pendu au téléphone. Toutes mes soirées furent consacrées à la lecture et à la méditation, bercées par la musique. Je me mis à flâner, une idée qui m'était inconnue jusque-là, soit avancer lentement dans une vie pressée, n'attacher du prix qu'à la merveille de l'instant, ne plus arraisonner le monde, je ne chercherais plus à attirer l'attention des visages rencontrés ; quant aux marchandises, je me contenterais de les regarder sans avoir envie de les acheter. J'aurais voulu que cet hiver durât dix ans ! Et que je continue à m'ennuyer, à bâiller, à m'étirer de plaisir, tout au bonheur de n'avoir rien à faire et de reporter au lendemain ce qui n'était pas urgent, or rien n'est urgent que l'amour et la mort ! De ma fenêtre je contemplais l'hiver pour la première fois de ma vie. Une grisaille en voûte basse précéda les neiges, de temps à autre tourmentées de bise, puis le jour des Morts, naguère appelé « Samain » du gaulois « samonios », par nos ancêtres, la bise porta les premiers flocons, minuscules, pareils à du grésil qui court au ras du sol avant d'aller se nicher aux creux des guérets, puis à mesure que descendait le crépuscule, les flocons serrèrent la trame de leur voile et firent disparaître les quelques prés d'entre la forêt que j'apercevais de ma fenêtre, et le matin s'allongeaient devant la maison, sur la route, ces longs dinosaures dodus que nous nommons les congères. De mon lit, le soir, un livre en main, bien calé sur mes coussins, j'adorais écouter les rafales qui labouraient mon univers blanc et que de longs sifflements déchiraient par moments. L'hiver me tiendrait enfermé tant que dureraient les neiges, et en Ardenne elle durent parfois quatre mois, ce qui arriva cette année-là. Quand mars fut de retour avec ses primevères pâles, je crus être guéri de mon ancienne vie, et de sa blessure lancinante, et je m'enhardis au-dehors, vers l'auberge du Pont d'Oye adossée à la forêt. Là, accoudé à une table rustique, devant la fenêtre qui ouvrait sur les étangs et sur une cascade bouillonnante, j'osai repenser au passé. À elle d'abord qui partagea les soucis de mon ancienne vie quand j'étais écrivain. Pourtant elle n'était qu'une étudiante qui avait sonné à ma porte en quête de renseignements pour achever son mémoire consacré à Verlaine. J'avais accueilli avec joie cette bouffée de jeunesse, et la complicité aidant, une amitié naquit qui ne prit toutefois jamais les couleurs fauves de l'amour. Elle acheva son travail de fin d'études. J'avais près de quarante-cinq ans, elle à peine vingt-deux. Et j'avoue que lorsque je pensais à elle, un feu s'allumait en moi. Elle épousa un financier de Luxembourg, et quitta apparemment ses intérêts littéraires pendant que moi, je me remariais presque machina-

lement. Puis voyageais. Puis divorçais. Tout en écrivant. Un jour, mon éditeur et aussi mon ami, Bernard, me demanda: «Tiens, à propos, qu'est devenue la jolie stagiaire qui te rendait visite près du Pont d'Oye?
— J'ai appris par un de ses amis, Edmond Wilhelm, qu'elle avait épousé un banquier, un certain René Heiderscheid.
— Son mémoire sur Verlaine était fabuleux.
— Exactement.
— Et elle avait une plume d'une telle sensibilité... sa vocation était l'écriture.
— Sans aucun doute, dis-je un peu agacé car le souvenir me faisait mal. Mais depuis lors plus de nouvelles.
— Et quelle beauté! quelle élégance! Allante, fine, des yeux, ah! mon Dieu... je ne comprends pas que tu n'en sois pas tombé amoureux! acheva mon ami Bernard.

Ce fut l'unique allusion en quinze ans. Certes combien j'aurais désiré la revoir, et lire en elle une attirance à défaut d'un aveu, mais la vie ne l'avait pas permis. Et je vivais avec mon épouse. Pourtant, durant toutes ces années, et même aujourd'hui, il me semble que rien n'est mort de ces quelques heures que nous passâmes ensemble, penchés sur la même table, dans cette maison, et discourant de Verlaine et de poésie.

Fin mars, je résolus de me distraire quelque peu et de retrouver Paris. L'intention n'était pas innocente. Un jour je l'avais emmenée à Paris, et l'effet

qu'elle fit sur Bernard, mon éditeur, fut immédiat. Inconsciemment j'avais envie de retrouver les quais de la Seine où nous nous promenâmes, les brasseries, et ce minuscule restaurant créole Rive gauche dont je n'arrivais jamais à retenir le nom. Mais quelles désillusions ! Depuis cette époque, la ville avait changé, des boutiques de prêt-à-porter avaient remplacé le relieur, le bouquiniste, la galerie dont je fus le chaland fidèle. Malgré cette déception, la ville avait gardé assez de tendresses pour que j'éprouve la sensation de naviguer dans mon passé plutôt que dans le présent. J'errai donc pendant deux jours, de quai à quai, et sur le pont des Arts où nous flânâmes en discourant, je m'en souvenais, du pouvoir de potentat que la mère d'Apollinaire conserva sur son fils poète.
Au soir du second jour, je conclus que la vie se défaisait inexorablement en moi, et que si Paris avait changé, je n'étais plus le même. Le pont des Arts ne m'appartenait plus mais à ces jeunes gens qui s'embrassaient, connaissant peut-être l'éblouissement qui fut le nôtre jadis, autant rentrer tout de suite dans ma forêt le lendemain au plus tôt, le matin. Vivre au centre de ma solitude, tel était mon destin désormais, et écrire de nouveau, d'ailleurs des idées surgissaient dans ma tête. Toutefois, avant de rejoindre mon hôtel et de payer la note, je décidai de traverser la Seine, et me dirigeai au pif, vers le petit restaurant créole dont j'avais oublié le nom. Il n'avait pas changé, lui, mais bien son patron, vieilli, une chevelure blanche couronnait sa tête noire. Il me reconnut aussitôt. Longtemps

ce lieu demeura mon havre solitaire à Paris, où je me requinquais loin du brouhaha des cocktails, des conférences de presse, et des salles enfumées et pestilentielles des revues littéraires.

— Là? interrogea le patron, un large sourire éclairant son visage.

C'étaient ma table et ma chaise. Les serveurs allaient et venaient, tous jeunes et inconnus pour moi. Je commandai un plat créole typique. Une heure plus tard, j'achevais de boire un bourgogne aligoté dans le verre fumé si caractéristique de ce restaurant, et hélais le garçon pour payer ma note quand une main se posa sur mon avant-bras, une main gantée de cuir mauve, je levai les yeux... c'était elle. Assise à ma droite, seule. L'effet fut si saisissant que nous restâmes de longues minutes à ne pouvoir dire un mot. Je l'avais reconnue immédiatement, elle n'avait pas changé elle, du tout, sinon cette petite ride sur le haut du front qui lui donnait un charme supplémentaire. L'amitié ancienne montait comme une bouffée dans ma poitrine, accompagnée cette fois, d'un désir puissant et, bonheur suprême, je lisais dans ses yeux comme un accord tacite. Je crus qu'elle n'était là que pour moi, ni une ni deux, je l'invitai dans ma maison de la forêt. Elle accepta sans hésiter comme si cette rencontre inopinée eût été préméditée.

— Tout de suite? demandai-je, au comble de l'excitation.

Impossible, le surlendemain soir sans faute, elle serait à ma porte, car demain, elle avait quelques petites choses à régler. Et elle n'eut pas besoin de noter mon adresse.

La journée du surlendemain, un vendredi, jour de Vénus, j'y vis un heureux présage, fut consacrée au traiteur qui apporta de l'auberge du Pont d'Oye, ses plats les plus fins, « tout à la truffe », avais-je ordonné, et ses vins choisis. Les premières fleurs du jardin ornaient les vases de la chambre et du salon où nous dînerions, un feu de bois brûlait dans la cheminée, et sa musique préférée, du Mozart et du Chostakovitch, égayait ma maison isolée.
L'attente fut interminable. Qui dira la magie de l'attente, de faire reculer l'horizon de l'avenir, de vivre le présent ? J'aurais vécu un amour courtois, pensai-je. Je ne manquerais pas de le lui confier. L'amour courtois entend retarder le plus longtemps possible la rencontre amoureuse. Et la dame soumet le chevalier à toutes sortes d'épreuves, tournois, combat contre des monstres. Le soupirant ne se rebiffe pas ! Aime-t-il que sa dame demeure inaccessible ? Redoute-t-il une vie conjugale des plus mornes ? L'attente ne nous détournait pas de l'événement que nous allions vivre, au contraire elle nous en offrait les prémices, mais elle durait tout de même… le soir était tombé depuis belle lurette, j'avais clos les volets, et déjà assourdi la musique croyant qu'elle ne viendrait pas, quand j'entendis le bruit d'un moteur sur la route déserte, à deux pas de la maison. Je sortis en courant. La voiture s'engageait dans l'allée, les phares s'éteignirent soudainement m'aveuglant

quelque peu, je ne la vis que lorsqu'elle posa ses lèvres sur les miennes...

Elle portait une robe noire, fendue sur le coté, à col chinois qui moulait à ravir son corps qu'elle avait gardé svelte. Comment traduire en mots ce qui suivit? Ce fut si comblé, si profond pendant les trois jours et les trois nuits que dura cette visite! Dès ce baiser, je compris qu'elle attendait, comme moi, cette rencontre, depuis si longtemps! Que l'amitié ancienne avait gonflé en nous pour devenir cet amour brûlant qui avait couru comme un feu caché, sous les broussailles de toutes ces années. Nous reprîmes une conversation sur la poésie comme si les années n'étaient point passées, et jamais durant ces trois jours et ces trois nuits nous ne posâmes de questions sur nos vies de l'entre-temps, sur nos activités, sur nos amours.
Que dire de plus de notre complicité retrouvée, de sa pudeur à elle jusqu'à son abandon, sans trahir ces instants qui demeurent gravés dans ma mémoire? L'espace et le temps d'un rêve! Et pourtant je revois son corps blanc entre mes bras, les reflets des flammes sur sa hanche, j'entends les râles de la nuit et ses rires frais le matin qui accompagnaient le chant de la bouilloire, et puis des signes demeurent qui me prouvent la réalité de cette éclipse quand un amour et un adieu se confondirent, les traces des pneus du taxi demeurèrent longtemps visibles dans le jardin, et il y a ce bracelet de diamants qu'elle a laissé sur la table de nuit. Alors cette sonate de Mozart, ces

mots rauques prononcés à voix basse, ce corps divin qu'elle dévoila lentement, oui, tout cela fut bien réel. En outre, j'avais réservé une table à l'auberge du Pont d'Oye, et j'insistai pour qu'elle s'assît à ma place, devant la fenêtre qui donnait sur les étangs et la cascade, et la serveuse, des mois plus tard, me demanda des nouvelles de la «belle dame».

Nos corps étaient apaisés par l'amour et nos cœurs battaient à l'unisson, et la nature renaissait autour de nous, les arbres filtraient un soleil miraculeusement chaleureux qui se couchait sur les étangs en mille reflets d'argent et d'or. Je me souviens parfaitement des plats que nous commandâmes et du nom des vins. Je me souviens aussi de nos sourires et de nos silences. Pour la première fois elle se mit à parler beaucoup, de son passé, et d'un accident auquel elle avait assisté, sur la route de Paris, un jeune couple occupait la limousine qui avait percuté un poteau de béton, de plein fouet.
Le mari s'en était tiré presque indemne.
— Et la femme? demandai-je.
Elle s'étonna de ma question pourtant logique.
— Mais elle est morte bien sûr!

Tout cela est fini maintenant. Je suis seul dans ma masure. L'automne s'en revient cogner à coups de bourrasques mouillantes. Des remous tiraillent le ciel puis coulent ainsi qu'un fleuve triste d'où ne tombe que la plainte du vent. Le ciel promet la neige mais je sens que la neige sera tardive cette année, et qu'elle n'enchantera pas mes soirées, l'hiver passera humide au-dessus de l'Ardenne, et tous seront de mauvaise humeur. Je ne suis pas mort depuis qu'elle m'a quitté, au contraire, j'écris beaucoup, beaucoup, avec acharnement, et Bernard, mon éditeur, me promet de beaux succès. Je travaille et je ne rêve plus ni ne flâne. Quelqu'un a écrit, un philosophe sans doute, que le rêveur préfère les images aux concepts, qu'il est plus poète que penseur, je le crois, car la réalisation des concepts suppose du travail. Alors j'écris et je m'affaire, je quitte l'univers de la lenteur qui fut le mien dans cette maison d'Ardenne, pour oublier mais je n'oublie pas. Je nous revois tous deux à l'instant du départ, moi debout à côté du taxi ; elle déjà installée qui avait descendu la vitre de sa portière. Je me penche vers elle, je l'embrasse, je m'entends lui demander son adresse et elle me répondre : « Pas d'adresse, cela vaut mieux pour la suite ! » Le moteur de la voiture ronfle, elle disparaît sur la route, s'engouffrant dans la forêt comme dans mon passé. Que me reste-t-il d'elle ? Le souvenir de ces trois nuits, et ce bracelet de diamants.

Au début d'octobre, trois mois plus tard à peine, Bernard annonça sa visite. Il revenait d'un long périple ou plutôt d'un pèlerinage littéraire à travers la France sur la trace d'écrivains qu'il aimait, Rousseau à Ermenonville, Sand dans le Berry, Giono à Manosque, accompagné de quelqu'un que j'aurais plaisir à revoir, m'affirma-t-il au téléphone et malgré mon insistance, il ne prétendit pas m'en

dire plus. Ils passeraient la nuit à l'auberge du Pont d'Oye et le lendemain nous aurions tout loisir de discuter de nos projets avant qu'ils ne reprennent la route de retour vers Bruxelles.
Quand il sonna à la porte, je vis qu'en effet il n'était pas seul, un homme l'accompagnait que je ne reconnus pas tout de suite. Bernard en rit: c'était Edmond Wilhelm, voyons, l'ami de cette femme superbe, tu sais, l'étudiante que tu acceptas comme stagiaire... Ce fut la seule allusion à elle. Dehors il pleuvait à verse, un temps de chien, la journée se déroula autour d'un bon verre de vin au coin du feu, à bavarder, calfeutrés et détendus. M. Wilhelm parlait peu mais juste, et en littérature il était d'un commerce intéressant.
Au moment du départ, je me trouvai un moment seul avec M. Wilhelm, dans le vestibule. Je décrochai son manteau et le lui passai par les épaules. Il me remercia de mon accueil et je ne pus m'empêcher de demander: «Qu'est devenue notre amie commune?»
Pendant trente secondes, il me parut que M. Wilhelm était abasourdi par ma question, et qu'il cherchait à ne pas me répondre. Aussi insistai-je.
— Vous ne savez pas?... souffla-t-il.
— Non, sinon qu'elle a épousé un banquier de Luxembourg, répondis-je.
— Mais elle ne vit plus...
— Ah! bon, elle a divorcé?...
Un fol espoir m'avait envahi. Je la reverrais donc. Elle ne m'avait pas confié son adresse, pour cette

unique raison qu'elle devait sortir de ce divorce, régler ce qui était à régler, avant de m'appeler...
— Mais pas du tout! s'étonna M. Wilhelm.
— Mais alors... elle est séparée... elle...
— Rien de cela, bougonna-t-il en secouant la tête, hélas!
— Pourquoi hélas?

Une main de glace enserrait ma poitrine.

— Elle est morte, depuis six mois. Un malheureux accident de voiture. Son mari a survécu, par miracle, une collision frontale, un poteau de béton...

Je ne sais plus ce que j'ai répondu à M. Wilhelm ni comment lui et Bernard m'ont quitté. Je ne me souviens que de la pluie qui tombait dru sur la forêt. Toutes les hypothèses, je les ai envisagées, sans qu'aucune réponse rationnelle ne m'apparaisse. Maintenant pour continuer à vivre, il ne me reste qu'une amie à aimer, la pluie qui tombe à verse sur le restaurant du Pont d'Oye. Mais parfois il me semble qu'à travers ce rideau...

Alors j'ai tenté de conjurer le sort en plantant ce clou dans l'aubier du hêtre, que l'arbre sacré m'explique, qu'il me la rende, que Dieu ou diable existent ou pas, je m'en fichais!
Quelque temps plus tard, «li hesse du bon Dju» fut abattu, et son tronc fut transporté dans la basilique de Saint-Hubert, dans une chapelle du déambulatoire derrière l'autel consacré à saint Hubert. Fidèles et pèlerins furent intrigués par

la présence d'un bloc de bois dans la basilique. L'humidité du lieu attaqua le bois qui commença à se décomposer, et on résolut de le découper. Il paraît que ce ne fut pas une mince affaire, même avec plusieurs tronçonneuses qui heurtèrent ferrailles et clous plantés dans le tronc depuis plus de deux cent cinquante ans.
En continuant leur travail avec prudence, les ouvriers communaux trouvèrent en plein centre de l'aubier, trente centimètres en dessous de l'écorce une antique croix de fer, qui, dégagée de sa gangue ligneuse, se révéla être un crucifix d'une quarantaine de centimètres de haut, très ancien puisque les pieds du crucifié n'étaient pas superposés ainsi que sur nos croix depuis plus de cent ans, mais joints, et en dessous des pieds, au pied de la croix, la tête d'un animal que l'on prit d'abord pour un chien ou un loup, mais après un examen minutieux, on découvrit sur le crâne de l'animal l'amorce d'une petite croix ; ce ne pouvait donc être que le cerf crucifère ou « porteur de croix » qui, selon la légende, apparut à Hubert le païen.
Depuis cette découverte, l'intérêt des pèlerins pour la basilique de Saint-Hubert s'est accru : la croix enfouie dans le bois est une véritable attraction.
Bien que mes vœux n'eussent pas été exaucés, soit que je ne m'explique pas la résurrection de ma bien-aimée qui ne m'est jamais revenue, j'ai visité par un jour d'hiver, la basilique comme tout le monde, et admiré la croix cachée dans l'aubier du hêtre. En l'examinant de plus près, quel ne fut pas mon étonnement de constater que le crucifié

portait une entaille assez profonde au flanc. Je pensai à mon clou et au cri de douleur que j'entendis lorsque je m'entêtai à l'enfoncer au plus profond du tronc de l'arbre. Du coup, renseigné par le curé de mon village, je me rendis à Wellin, dans le hameau de Chanly, où se dresse un frêne qui peu à peu recouvre un crucifix. Étranges arbres à clous, songeai-je, qui souffrent, pourquoi non?, de la superstition des hommes. Et je retournai, rêveur, vers ma maison basse qui ressemblait à un igloo tant il avait neigé les jours précédents. À peine rentré, j'essuyai du tranchant du coude une vitre gelée et regardai l'hiver, debout, dans le chaud de la cuisine qui sentait les pommes de terre et le chou à cuire. J'entendais derrière moi la femme de ménage préparer le dîner, le son fêlé d'une marmite basculant sur la pierre de schiste de l'ancien évier. Sur la table de la cuisine, mon bol de lait chaud, à moitié vide, fumait encore. Deux corbeaux tombèrent du toit sur la neige et se chamaillèrent avant de s'envoler chacun de leur côté. Je les suivis machinalement des yeux jusqu'à ce qu'ils disparaissent dans les arbres. Le vent s'était tu, tué sans doute par la neige abondante, et une lumière bizarre montait du sol, éclairant le plafond bas de la cuisine à travers la fenêtre. Je commençais à connaître ces ciels du plein hiver qui pesaient sur la terre au point de se confondre avec elle. Une immense congère barrait le sentier qui allait de la maison à la route dans le bois seulement visible par quelques traits de fusain sur la toile blanche du paysage. Je

contemplais béatement ce bois et des corbeaux revenus se disputer quelques graines tombées par hasard quand je remarquai un point sombre, à peine mobile, suspendu entre la terre et le ciel. Quelqu'un venait de la route et s'engageait sur le sentier conduisant à la maison. C'était sans aucun doute le curé du village venu m'apporter des nouvelles du crucifix de Saint-Hubert que je lui avais demandées après une longue discussion sur le phénomène des arbres à clous et de la piété populaire. Selon moi, avais-je soutenu, le culte du cerf crucifère perpétuait celui du dieu-cerf Kernunnos, qui selon les Celtes se mariait avec la déesse-terre en hiver, alors il perdait ses bois qui repoussaient en été lorsque la déesse lui préférait le ciel et le trahissait, d'où, ajoutai-je, l'image du cornu et du cocu dans notre culture. C'était bien lui, qui agitait les bras, et criait: «le facteur!... le facteur!...» Sa camionnette avait embouti une congère dont il ne parvenait pas à se dépêtrer. Vite j'enfilai mon épaisse veste de velours et passai mes gants.
— Une minute, me dit le curé, que je vous remette ce télégramme qu'il m'a confié.
— Un télégramme?

Qui pouvait donc bien m'écrire? Bernard mon éditeur? Oui, mais par lettre non par télégramme. Je déchirai l'enveloppe et lus:
«Ai laissé mon bracelet chez toi. Stop. Te donnerai des nouvelles bientôt. Stop. Je t'aime. Stop. Signé. Dominique.»
C'était elle.

Je m'effondrai. Aidé de la femme de ménage, le curé me traîna jusqu'à ma chambre. Le médecin arriva dans la soirée quand je sortais de mon évanouissement. Allons, docteur, ni le stress que je ne connais plus, ni l'excès de cholestérol n'expliquent cet effondrement subit.
Je racontai mon histoire au curé avec sa promesse de n'en rien dévoiler à quiconque.
Maintenant pour continuer à vivre, quelle amie me reste-t-il à aimer? La neige qui étend son manteau blanc sur le restaurant et la maison de nos amours? Et si j'implorais encore une fois le Christ enfoui sous le tronc du hêtre sacré? Ou si je demandais l'assistance de Kernunnos qui retrouve en hiver l'aimée qu'il perdit en été?

Ardenne sorcière

Je suis d'ailleurs, titre d'une nouvelle de Lovecraft, éd. Denoël, 1961.

Vous rétorquerez : ce que vous racontez à propos de l'Ardenne sorcière, ce ne sont que couilles et carabistouilles ! Que nenni Messires ! Les phénomènes paranormaux ne sont pas rares, comme vous le savez. En voici quelques-uns. Par exemple les agroglyphes ou « crop circles », des dessins qui s'inscrivent en une nuit dans les champs de blé ou de maïs. Leurs lignes complexes réfèrent aux symboles sacrés et en même temps aux mathématiques les plus pointues, elles inscrivent même dans les champs les motifs celtiques que l'on voit dans les pièces de monnaie, les bijoux et les décorations gauloises.
Nul ne connaît le pourquoi ou le comment de ce phénomène.
Et la bête noire de Wissant, dans le Boulonnais, observée par des dizaines de promeneurs et de

gendarmes, et ensuite traquée, encerclée, puis mystérieusement disparue? Longue de plus d'un mètre, la fourrure noire, semblable à une panthère, vue en 1996, en 2006, et en 2005 dans la région de Waremme en Wallonie.
Les coïncidences singulières qui se répètent, ces fameux «hasards exagérés» de Jung, de manière inexplicable? Pour ma part, constatez: ma mère s'appelait Denise, ma fille aussi, ma cousine germaine aussi, la femme de mon cousin aussi, de même que ma belle-mère et que la compagne d'un ami proche. Quid? Bégaiements du destin!
Pourquoi revivons-nous souvent les expériences de tel aïeul, circonstances d'époque mises à part? Faut-il évoquer la charge, le «numen», qui émane de certains lieux ou de certains objets ou de certaines personnes? Imbécillités pour gogos?
L'irrationnel nous cerne, les monstres nous habitent au contraire. Comment expliquer les comportements erratiques et meurtriers de certains dirigeants du monde? Comment justifier l'engouement pour certaines images ou idées stupides, pour certaines personnes plus que fades? Et nos croyances ne sont-elles pas idiotes? Astrologie à la noix, crèmes amincissantes, jeux de hasard!
Le fantastique naît de nos fractures intérieures, d'une fente qui écharde les trois dimensions, il est la dimension fractale d'une réalité que ni la science ni nos sens n'englobent parfaitement.
Combien de fois, me promenant dans la forêt, n'ai-je été saisi par l'intuition d'une présence? Cette intuition ne vous a-t-elle jamais visités?

Quand vous vous réveillez durant la nuit? Des ondes nous encerclent et nous traversent. Si leurs oscillations s'accélèrent ou ralentissent, pourquoi notre esprit et notre corps n'y seraient-ils point sensibles? Et combien de monstres inconnus nous habitent? Inutile de faire appel à la psychanalyse pour l'affirmer!
Une certaine disponibilité est indispensable pour recueillir le fantastique. Le silence est propice. En plus, le corps sans conteste discourt. Plongez en lui, il parle de ce que vous vivez en bien ou en mal, de ce que vous ressentez face à telle personne. Le corps aussi a ses raisons que la raison ne connaît pas. L'athlète qui ne suit pas les instructions du corps se claque un muscle et passant outre à ses avertissements nous risquons de déprimer, de nous encolérer, de souffrir. À quelles lois le corps répond-il? Quels liens secrets entretient-il avec l'esprit?

Telles furent les questions que je me posai à propos de mon ami Vincent lorsqu'il s'enticha de Muriel. Il me confiait en wallon «j'ai les broquettes qui braisent!». Braises ou baises, moi je n'aimais pas Muriel, et pourtant! Une taille de guêpe, les seins de Gina Lollobrigida, les jambes de Monica Bellucci, le visage lisse et pur, trop pur, de Catherine Deneuve, les reins de Brigitte Bardot, soit une Aphrodite incarnée! Tous les mecs en étaient bleus!
Elle passait au milieu d'eux le regard hautain, le menton relevé, les yeux fixes comme une statue divine. Vincent m'avait confié qu'il se damnerait

pour elle en dépit ou à cause de l'effet kinésique qu'elle produisait sur son organisme : il tremblait de tous ses membres lorsqu'il la regardait. Mauvais signe, lui disais-je. Il s'en foutait comme de l'an quarante.
Muriel, la plus que belle, ne sortait avec aucun homme. À vingt ans ! Le voisinage ne lui connaissait ni aventure, ni liaison, ni inclination. Au collège des Sœurs de Notre-Dame qu'elle fréquenta six années, le temps de ses humanités, toute la communauté l'appelait la froide, ou pis, « la lame ». Elle parlait peu et lorsqu'elle énonçait une phrase, elle détachait chaque mot comme si elle eût coupé les termes au sécateur. Une question posée entraînait une réponse simple, claire, sèche. Ses dissertations, confiaient ses condisciples, ressemblaient à des démonstrations de géométrie, et en mathématiques en effet, elle surpassait tout le monde, frôlant les cotes maximales. Ses raisonnements logiques effrayaient jusqu'à ses professeurs. C'en était presque inhumain, robotique. On ne lui connaissait en outre ni père ni mère ni frère ni sœur, seulement une vieille tante chez qui elle habitait une maison banale, petite, du style des maisons ouvrières, deux pièces haut, deux pièces bas. De quoi vivaient ces deux femmes ? Mystère ! La pension d'un père ou d'un mari lointain ? Car Muriel se vêtait des plus jolis atours à la mode chez les jeunes, jeans découvrant astucieusement une culotte de soie, débardeur du dernier cri dévoilant des soutiens-gorge affriolants, et quand elle descendait la grand-rue dans sa robe bleu

roi qui exaltait sa chevelure d'or, tous, jeunes et vieux, se retournaient pour admirer cette femme devenue déesse !
Comment l'approcher? Lui proposer un rendez-vous? Vincent se morfondait. Il avait téléphoné. Mademoiselle était absente. Il avait osé, oui, osé sonner à sa porte. La vieille apparut sur le seuil et ses yeux petits comme des aiguilles transpercèrent le cœur de Vincent qui se sentit mal, comme si un essaim de guêpes l'avaient poignardé. Mademoiselle était absente ! Bref Mademoiselle n'était jamais là ! Où traînait-elle donc?
Vincent souffrait tant que nous, ses amis, nous décidâmes d'espionner la belle, découvrir ses itinéraires, établir son horaire. Elle n'assistait pas à la messe du dimanche, c'était un premier point, déjà bizarre à l'époque. Second point, en dépit de ses brillants résultats scolaires dans les études secondaires, elle ne poursuivait pas ses études, ni dans l'enseignement supérieur ni à l'université. On ne lui trouva aucun travail, aucune activité dans le village. Elle ne sortait pas de la journée. Et la nuit?...
Vincent prit son courage à deux mains pour lui écrire une lettre enflammée et parfumée : il l'invitait au Bal de étudiants où se retrouveraient beaucoup de camarades du collège Notre-Dame. Viendrait-elle en cette fin d'août tiède et humide, à la veille de la rentrée à l'université pour Vincent? Oui?....Non?...
La question le tarauda jour et nuit durant une semaine interminable. Ses amis n'osèrent le

décourager, persuadés cependant que Muriel, qu'on n'aperçut jamais à un bal, ne viendrait pas.
Ce soir-là, Vincent était accoudé au bar, depuis plus de trois heures. Désespéré, il commençait à enfiler les chopes de bière malgré les conseils de ses copains.

— N'y pense plus à cette pimbêche!
— Pense à autre chose, à une autre fille, à Jacqueline la brune par exemple. Regarde-la virevolter sur la piste de danse. Écoute-la rire aux éclats. Elle pète de vie! Heureux l'homme qui la fréquentera! Un soleil éclairera sa maison! Tes parents seraient d'accord non? Jacqueline respire la vie tandis que Muriel sent la mort!

Sur ces paroles, le miracle se produisit: Muriel en chair et en os, dans une robe noire cintrée, dont une fente découvrait une jambe accorte, qui lui collait à la peau comme une peau de serpent! Devant elle les autres filles, même Jacqueline la brune, s'écartèrent sur la piste de danse, la salle de bal se tut, l'orchestre s'arrêta de jouer. Tous sidérés par cette apparition divine!
Elle se dirigea d'un pas décidé vers le bar, vers Vincent hypnotisé.

— Tu m'as invité à danser Vincent?
— Euh... oui... c'est-à-dire... OUI!
— Fais-moi danser!

Les genoux de Vincent flageolaient. Ses copains le soutinrent et le posèrent littéralement entre les

bras de Muriel. Fut-ce lui qui conduisit la danse, ou elle?
L'orchestre se lança dans un slow que ses copains qualifièrent de «crapuleux». Vincent ne dansait pas. Il voguait sur une mer d'émeraude, dans un autre monde, le paradis sans doute.
La danse dura, dura. Ensuite une autre. Puis une autre, et encore une autre. Muriel et Vincent dansèrent jusqu'à minuit pile, car à cette heure, aussi miraculeusement qu'elle apparut dans la salle de bal, Muriel s'éclipsa sans que personne s'en rendît compte. Les copains la cherchèrent en vain. Qu'importe! se confia Vincent. Demain, c'est dimanche, je me présenterai à sa porte, un bouquet de roses rouges à la main et je lui demanderai...

— T'es fou! T'es trop jeune! et au fond tu ne la connais pas cette jeune fille qui fait tourner la tête de tous les hommes!

Vincent n'écouta personne. Une énergie formidable gonflait son cœur. Il oubliait que la peau lisse de Muriel et ses yeux de glace l'avaient pétrifié durant la danse, mais la folie de son désir le boutait vers l'avenir. Jacqueline la brune brûlait comme la terre d'août assoiffée; Muriel frigorifiait tel un étang saisi par le gel de février. Dans l'une n'importe quel homme eût envie de se chauffer; sur l'autre aucun n'aurait désiré se perdre, sauf... Vincent! Je tentai en vain de le raisonner. Je m'appelle Vincent, me dit-il, comme vainqueur et non comme vaincu! L'amour est une épreuve, je la surmonterai

comme Lancelot, car que serait l'amour sans l'épreuve.
Des épreuves la vie t'en fournira plus qu'assez. Inutile d'en chercher d'autres! insistait sa mère. Oublie cette fille froide comme l'hiver! Que fabrique-t-elle enfermée dans sa maison le jour entier? Et sa tante, cette chipie qui ne parle à personne, c'est une sorcière! Tiens! je parie qu'elle jette des sorts. Elle t'a envoûté!

— Il y a des êtres qu'il vaut mieux ne pas approcher, confiai-je à Vincent.
— Ces êtres-là m'attirent.
— Comme la souris se sent attirée par le serpent.
— Je ne suis pas une souris mais un chat.
— Une question encore...
— Je t'écoute.

Vincent affichait la mine balaise du vainqueur en effet: les épaules larges, les jambes ancrées dans le sol, les bras puissants, le regard fier. Qui ne l'aurait cru capable d'affronter les pires situations?

— Pourquoi doit-elle à chacune de vos sorties, absolument rentrer à minuit?

Il s'esclaffa: «Minuit! l'heure du crime! C'est une fille sérieuse, voilà tout! Une jeune fille comme il n'y en a plus à cette heure. Tu ne vas pas adopter les phobies de ma mère?
— C'est-à-dire?

— Ma mère se livre à des pratiques d'exorciste amateur ! Elle me couvre de bénédictions, accroche des croix à mon cou comme autant d'amulettes ; et le comble : elle a cousu dans ma poche qui balance près de mes broquettes, un sachet de tissus contenant les cheveux de mon père défunt. Tu entends ?
— Elle combat sa peur de la sorte ou peut-être davantage ?
— Quoi donc ?
— Eh ! va savoir ! Que sait-on finalement du bonheur et du malheur Vincent ? Rien ! Ta mère remue les runes, elle essaie de décrypter le message du destin.
— Foutaises !
— Comment la tante chipie t'a-t-elle reçu ?
— Bien.
— Et Muriel ?
— Elle a pris mon bouquet de roses rouges, s'est pénétrée de son odeur, m'a souri, le plus envoûtant sourire du monde. Tandis que la chipie déposait des noix cassées sur la table.
— Les noix signifient que Muriel accepte le mariage, mais pourquoi cassées ? Cela n'augure rien de bon.
— Moi qui croyais que la fête aux noix à Bastogne célébrait la victoire des Américains en 1944... Nuts City !
— C'est un signe de fertilité, dis-je. Voilà pourquoi le bourgmestre de la villette de Bastogne encourage les jeunes mariés du jour à jeter des

noix aux enfants du haut du balcon de l'hôtel de ville. Ensuite?
— Ensuite... Muriel m'a offert un verre d'alcool de quetsche... et c'est tout!
— Ils ont respecté la tradition, il t'est permis de la «hanter», de la fréquenter.
— Je ne m'en prive pas.
— T'accorde-t-elle des privautés? Je m'excuse pour cette question indiscrète mais je désire me faire une idée de la personnalité de ta future.
— Rien. Des bécots, pas question de caresses plus osées! Je te l'avoue à toi. Je n'oserais pas raconter ça aux copains qui auraient beau jeu de se foutre de ma gueule.
— La date du mariage est fixée?
— Dans trois mois. D'abord le mariage civil et trois jours plus tard le mariage religieux.
— Elle respecte les règles les plus archaïques. Le chiffre «trois» est un nombre sacré, la trinité, «il ressuscitera le 3e jour», le signe du triscèle chez les Celtes, la naissance, la vie, la mort.
— Ne prétends pas qu'elles ont pensé à tout ça!
— Plus que cela!
— Quoi?
— Elles ont observé méticuleusement des rites immémoriaux. Et ces noix cassées?

Vincent se maria. Il me confia peu de temps après, qu'il était entré dans un tunnel où Muriel l'attendait. Il se sentait heureux, il souriait sans cesse, ses proches s'affairaient autour de lui.
C'est ainsi qu'on le trouva sur le lit quelques jours plus tard, souriant mais inanimé. On tapa sur ses

joues, sur ses mains. Il ne se réveilla pas. Il nous quittait, satisfait de nous quitter.
Que lui avaient-elles fait ? Disparues la tante aux yeux comme des poignards et Muriel aux cheveux d'or ! Par bonheur, la médecine moderne le sauva du trépas !

— Qu'as-tu vu ? lui demandai-je dès qu'il fut rétabli.

C'était un jour de fin d'été, ni gris ni ensoleillé, on aurait dit que la nature ce jour-là hésitait entre les deux saisons, la chaude et la froide. Je l'avais invité à prendre un verre sur la grand-place, car il avait contracté la maladie de sa femme envolée, l'isolement. Je devais le sortir de sa torpeur. Même si la vie ne sert pas à grand-chose, elle sert tout de même à vivre, me répétais-je. Allez, Vincent, t'es jeune, réveille-toi !

— La forêt immense et immensément verte qui m'appelait à me fondre en elle comme un nageur plonge dans la mer. Pourquoi leur en vouloir ? Simplement, après une soirée d'amour, Muriel me révéla qu'après minuit, jamais je ne pourrais l'approcher sous peine d'un grand malheur. Je lui promis de ne jamais entrer dans sa chambre après minuit. Et je fus loyal pour quelques nuits jusqu'au jour où je n'y tins plus. Je frappai à sa porte sans qu'elle me répondît. Piqué au vif, je tambourinai. Armée d'un quinquet la vieille tante m'observait dans un coin du palier. Son regard aigu accentua ma colère, je décidai de déchiqueter la porte qui me refusait ma femme, à coups de

hache. Aussitôt dit à la face ravinée de la vieille qui cracha par terre à mon approche, aussitôt fait! Et j'entrai dans la chambre de ma belle, bizarrement enfumée d'une poix qui n'était pas naturelle car elle n'exhalait aucune odeur de brûlé...
— Et alors?...
— Alors!...

Vincent poussa soudain un soupir de moribond. Ses yeux se révulsèrent. Je dus le soutenir en dessous des épaules.
— Alors...
Sur ce mot, mon ami, aux lèvres le même sourire satisfait que naguère, entra dans une sorte de catalepsie. J'eus beau le gifler, l'asperger d'eau froide, lui faire respirer des sels. Les clients du café étaient en émoi. Chacun courait quelque part en quête de secours. Le médecin arriva enfin, celui qui l'avait déjà extirpé d'un sommeil mauvais. Il n'hésita pas une seconde. La clinique au plus vite. Et là, durant trois nuits, je veillai mon ami l'œil fixé sur l'appareil qui enregistrait les battements de son cœur. Le matin du quatrième jour, une ligne continue s'inscrivit sur l'écran vert de l'appareil.

Dans quelle brume de quel monde Vincent s'était-il perdu? Et son épouse, d'où venait-elle? Pythie, sorcière, Morgane ou Mélusine réincarnée?
Sans aucun doute ce matin-là, elle l'avait appelé et il avait suivi cet appel.
Ce matin-là, il m'en souvient comme si c'était hier, l'automne s'était tout à coup dépouillé de

ses couleurs, et la neige était descendue, précoce, comme un brouillard.

Je rentrai chez moi, abattu par la mort brutale de mon ami Vincent. J'allumai un feu de bois dans la cheminée. Les bûches s'enflammèrent soudainement et dans les flammes, je vis s'esquisser une bouche, naître un sourire et briller les yeux couleur de glace de la jeune épousée. Sur ma gorge, je sentis l'affleurement d'une lame. Je passai ma main sur ma gorge. Ma main était ensanglantée. Je le jure.

Les années passèrent mais jamais le souvenir de Vincent ne me quitta. Je rencontrai une jolie blonde à Bruxelles. Nous nous plûmes. Je l'épousai. Ayant la chance d'avoir trouvé un emploi dans ma ville natale des Ardennes, nous nous décidâmes d'habiter la maison parentale. La mère de Vincent avait quitté la ville. «Pour l'asile», susurraient les mauvaises langues. Souvent je passais en voiture devant la maison de Muriel. Inoccupée apparemment. Je n'y prêtai pas plus d'attention jusqu'au jour où l'idée me vint… par un crépuscule d'hiver humide et venteux, après une journée de travail, je crus bon d'explorer la demeure vide.
Armé d'une torche électrique, je détaillai chaque pièce. Plus de meubles évidemment et cependant j'avais l'impression que cette maison n'était pas inoccupée, plus, on aurait cru que quelqu'un venait à peine de la quitter… une chaleur humaine pesait entre ses murs, et des odeurs de corps transpiraient jusque sur le palier, parfums,

transpiration, j'hésitais. Je cherchai sur ce palier l'endroit où la chipie avait craché, bêtement, car bien sûr, il y avait belle lurette que cette trace eût dû être nettoyée. Ben non, le relief de sa morve s'accrochait encore au plancher. Impossible, me dis-je. Un oiseau a déféqué ici. Car ce n'était pas une crotte de souris, ça non. Je poussai la porte de la chambre nuptiale où Vincent était entré en catalepsie et où il mourut. Les mêmes odeurs de corps hantaient cette pièce. Indéfinissables.
De ma torche je détaillai les murs, le plafond, les recoins. Rien. Et sur le plancher? De la poussière... toutefois, en focalisant la lumière, je remarquai une ligne dorée qui signait ce plancher comme la signature d'une lettre. Je m'accroupis pour examiner ce phénomène. Accroché dans un nœud du plancher, un cheveu d'or. Je le décrochai et l'enroulai autour du crayon que je porte toujours dans la poche intérieure de ma veste. Un cheveu de Muriel. Un cheveu de la sorcière...

Je décidai de tirer cette affaire au clair. À qui appartenait la petite maison dans laquelle les deux femmes habitaient?

— Mais voyons, vous l'ignorez? s'étonna le fonctionnaire de l'administration du cadastre.

Ses yeux couleur de cave s'allongeaient sous des sourcils épais.

— Absolument! dis-je.
— Mais enfin, Monsieur Denis, vous vous moquez de moi?

— Puisque je vous assure que...

Ses sourcils gras s'écartèrent au-dessus de ses yeux gris. Il soupira, découragé, incrédule, saisit un bic sur son bureau et écrivit sur un papier qu'il retourna vers moi. Je lus :

— La maison appartient à votre épouse.

Je fus terrassé par cette nouvelle. Ma blonde épouse rencontrée peu après la catalepsie de Vincent, à Bruxelles ! Mais elle... ne... ressemble pas du tout à...

— Comment ? demanda le fonctionnaire.
— Je pensais que ma femme ne ressemble pas du tout à « la lame », la sorcière que Vincent a épousée.
— Oh ! moi vous savez, je ne retiens ni les noms ni les visages, mais je vous certifie que cette maison appartient en bien propre à votre épouse.
— Qui est le propriétaire précédent ?
— Mais voyons, sa tante....
— Sa tante ?!

En effet, peu avant notre mariage, elle m'avait confié qu'une parente très proche venait de décéder et qu'elle devrait s'absenter quelques jours pour régler des affaires de succession.

— C'est une histoire de fous ! m'écriai-je.

Le fonctionnaire sursauta.

— Vous n'êtes pas bien, Monsieur Denis ?

Le visage de ma femme : blonde aux yeux gris, pareil au visage qui m'était apparu dans les flammes de la cheminée le lendemain de la mort de Vincent. Mais ce n'est pas Muriel !

— Ah ! là ! je ne sais pas ! conclut le fonctionnaire en se levant. Au revoir, Monsieur Denis !

Je quittai son bureau comme un automate. À supposer que mon épouse fût Muriel, pourquoi ne m'avait-elle pas interdit sa chambre après minuit comme à Vincent ?

J'attendis mon épouse dans la salle de séjour, calfeutré dans un fauteuil, près de la cheminée où ronronnait un feu de bois. Elle rentrerait sous peu et bientôt je connaîtrais le fin mot de cette histoire de dingues !

— Chéri ? Tu es là ?
— Ouais.
— Quel accueil ! De mauvaise humeur ? Ton boulot ?
— Pas mon boulot, pas de mauvaise humeur. Interloqué simplement.
— Par qui, par quoi ?
— Par toi !
— Moi ? Allons donc... tu n'as même pas vu la nouvelle jupe que je me suis achetée, en solde je te jure... elle te plaît ?

Elle virevolta sous mes yeux et à cette seconde je vis l'image de Muriel, la fiancée de Vincent, dansant sur la piste de bal : les mêmes gestes,

la même allure et cette chevelure qui s'envolait comme une aile d'or au-dessus d'elle.
Elle s'arrêta brusquement.

— Tu ne dis rien? Houla! tu vas mal toi!
— Je crois.
— Que se passe-t-il?
— Regarde.

Je tirai de la poche intérieure de mon veston, le crayon. Je déroulai le cheveu qui y était enroulé.

— Un cheveu! Et alors?... C'est un de mes cheveux?
— J'aimerais le savoir.
— Ou celui d'une rivale? répondit-elle en s'agenouillant près de moi, un sourire moqueur aux lèvres.
— Un cheveu doré comme les tiens, trouvé dans la maison....

Et je lui racontai l'histoire de Vincent et de Muriel, avec audace et inconscience.

Elle se releva comme poussée par un ressort, disant: «Pff! le pauvre garçon!»
Son regard, au fur et à mesure que je lui racontais l'histoire de mon ami, s'était durci, virant du bleu au gris d'une lame, et je ne pouvais ne pas superposer sur son visage d'ange, la physionomie de la sorcière. Hélas! le calque était parfait...

— Qui es-tu ? criai-je.

Elle ne répondit pas, sortit de la pièce, monta dans notre chambre.
Non c'était impossible ! Une coïncidence malencontreuse, une similitude, un sosie, un « hasard exagéré »... Imbécile que j'étais, de lui avoir confié cette histoire. Je devais me racheter.

— Chérie ?... Chérie ?...

Où était-elle passée ? Pas dans la chambre ni dans la cuisine, ni à la cave, ni au grenier, ni dans mon bureau....

— Chérie ?...

Son téléphone portable ? Je composai le numéro. La sonnerie interminable, et

— Je suis là !

Était-ce le téléphone qui me répondait ou elle en chair et en os, derrière mon dos ?
Elle était allongée devant le feu ouvert, nue. Les lueurs des flammes léchaient son corps divin, ses jambes fines, ses reins larges, ses seins remplis, et ce ventre souple qui conduisait mes yeux vers la rose noire qui m'offrait tant de déduit, l'habillant d'une robe rouge et noire, diabolique.
J'entrai en elle comme le plongeur entre dans la mer, comme Vincent se fondit dans l'immensément vert de la forêt.

Quand je me réveillai, des dizaines de personnes s'affairaient dans la salle de séjour. Le froid me saisissait, le feu de bois s'était éteint. Que se passait-il?

— Heureusement que je passais par là, murmura mon ami dans le creux de mon oreille. Tu t'es littéralement paralysé dans mes bras.
— Où se trouve ma femme? demandai-je.
— Ça, j'aimerais bien le savoir, voilà une heure que nous la cherchons, la police s'y est mise aussi. Ouf! le principal, c'est que tu te sois réveillé. Ta Muriel on la retrouvera, ne t'en soucie pas!
— Muriel?... mais quelle Muriel?... elle ne s'appelle pas Muriel!... Muriel, c'était l'épouse de Vincent, le nom de la sorcière.
— Ben oui... continua mon ami, sans s'étonner le moins du monde; Allez, tu as reçu un choc émotionnel, repose-toi, tu te porteras mieux demain, et Muriel saura te cajoler.
— Mais puisque JE TE DIS QUE JE NE SUIS PAS VINCENT ET QUE MA FEMME NE S'APPELLE PAS MURIEL!
— Oui, tu as raison, calme-toi... tiens ton médecin arrive. Un calmant te fera du bien.
— Pas de piqûre, je ne veux pas de piqûre, pas de piqûre, s'il vous plaît.

Cher lecteur, je vous avoue que le fantastique pour moi ne vient pas de l'au-delà, mais qu'il émane du banal, du quotidien, des individus rencontrés dans la rue, des proches, qui tout à coup, oui, *CHANGENT, se métamorphosent...*
Car savons-nous qui nous sommes?

Je me suis réveillé à l'hôpital. À mes côtés, une machine à l'écran vert sur lequel sautillaient des lignes. Vincent, mon plus cher ami, me tenait une main ; Jacqueline, son épouse, l'autre main.

— Tu nous as donné une de ces frousses ! souffla-t-elle.
— On s'en souviendra ! ajouta Vincent.
— Ma veste ?... donnez-moi ma veste.
— Ta veste ? pour quoi faire ? tu veux ton portefeuille ?
— Non, ma veste.

Je fouillai dans la poche intérieure. Le crayon était bien là, et autour de sa ligne, un cheveu d'or enroulé, le cheveu de Muriel.

Retour de l'hospitalisation. Dans la pièce de séjour, un feu de bois ronronnait. Une chaleur douce. Je m'effondrai dans mon fauteuil au coin du feu. Au bout de quelques minutes, la chaleur devint suffocante. Je transpirais. J'avais l'impression qu'un lien m'étranglait. Je passai ma main sur ma gorge. Un fil d'une finesse presque impalpable serrait ma gorge que ma main ensanglantée tentait en vain d'arracher. J'étais en nage. J'essayai de me lever. Impossible. C'est alors que je vis dans le feu naître un sourire de lèvres évanescentes au-dessus desquelles des yeux de glace me fixaient.

Z comme zigomar, zinzinnabuler, zigoto et zigotote car il n'y a pas que les hommes qui soient parfois givrés. Les zigototes, vous en connaissez ? Au risque de paraître misogyne, moi j'en connais des tas. Celles qui courent les gourous, celles qui hantent les supermarchés, celles qui logeraient dans les boutiques de Luxembourg ou de l'avenue Louise à Bruxelles, et toutes les moulées-salopes que nous les hommes, nous adorons comme des fous et dont nous suivons les froufrous comme des toutous, minables que nous sommes les hommes, et belles qu'elles sont les femmes. Femme, Ardenne de mon âme…

Plus que les vraies cerises qui pendent aux oreilles de Denise, j'aime les tétons de Louise qui ont la forme et le goût des cerises. À vrai dire, j'y mettrais toute la mise pour leur donner des bibises aux nènès d'à Louise.
Mais pour suivre d'autres bêtises, j'ai besoin d'autres bises, car il faut croquer comme cerises les tétons d'à Louise. Mais, oh ! surprise !, sous les boucles d'oreilles de Denise pointent aussi des pointes cerises.
Choisir entre deux paires de cerises, quelle crise !

Alors, to bise or not to bise ?

Ah! Des zigotos l'Ardenne en a généré! Vous souvenez-vous de Verlaine qui exerça le métier de pion (comme Michaux et Hubert Juin, décidément!) quelques mois dans un collège catholique. Lors du souper de fin d'année, la direction place le poète à côté de l'évêque du diocèse, mais voilà ! Verlaine ne résiste pas à l'alcool, et de verre de péket en verre de péket, il déballe à l'oreille

du prélat, ses frasques hétéro- et homosexuelles. On l'éjecta, il va sans dire !
Et Rimbaud possédé par un amour-haine pour sa région natale qui lui parut si mesquine qu'il se réfugia dans le rêve et la poésie, et ensuite, constatant l'échec de son entreprise de voyant, résolut de parcourir le monde et surtout les déserts, pareil à son père, officier méhariste dans le Sahara. Et la généalogie se poursuit ! Mon ami Yvon Sondag, de Habay-la-Vieille, qui joua l'Internationale à l'harmonium lors de la messe dans l'église de son patelin, avant de partir vivre chez les Indiens du Chaco ? « L'Événement », son recueil de poèmes paru en 1974 à La Dryade, est une œuvre d'importance injustement ignorée par une critique fainéante, sauf exception.
Tous ces marioles qui dirent « merde » aux notables, ces grandiveux-pèle-panse qui occupent la région, marginaux certes mais au cœur ouvert, maladroits souvent trop idéalistes certainement, pas assez pragmatiques or l'époque n'aime point trop les idées, réfléchir est déjà une tare…
Et Baudouin Simon qui édita une revue anarchiste « R », comme Rage, aujourd'hui défunte ? Leur ami commun et poète Vital Lahaye, qui de l'Algérie à Liège, rêva de révolution. Et les comédiens de mes pièces *Capiche*, Marcel déjà cité, Émile Hesbois et Joseph Collard, et combien d'autres portés par ce rêve d'un autre monde, le poète Francis Chenot, et Bernard Gillain, le Namurois, qui fit tant pour l'Ardenne en organisant le festival des musiques de terroir à Champ, près de Bastogne, chez « les foyants », où habitait le chanteur Jofroi, qui aboutirait au festival géant du « Temps des Cerises » à Floreffe !

Et Jean-Claude Watrin le Gaumais qui entonnait ce classique : « Gamin des tchamps et des cailloux, vis compagnons des loups-garous... », où sont-ils, Vierge souveraine, mais où sont les neiges d'antan ? Mais où sont les vivats que les forêts d'Ardenne hurlent en brandissant leurs branches ? Où sont les pluies qui chantent sur les ruisseaux courant derrière les truites farios ?
Où les saules qui sifflent dessus Semois ? Où les belles vallées d'Ardenne par où titubent les rivières, Ourthe, Amblève, Lesse, Semoy, dans les arbres et les marais ? Où les flèches des oies sauvages de passage ? Où le fracas des galops de Bayard ?
Zigotos d'une époque qui s'éloigne dans la brume de mon souvenir.

Les chemins

Par les trois Ardennes, suivre les chemins sur les pas du cheval Bayard.

Il ne faut pas aller dans la forêt d'Ardenne
Chercher l'eau dont Ronsard était tant désireux;
Celui qui boit à jeun trois fois cette fontaine,
Soit passant ou voisin, il devient amoureux.

Pierre de Ronsard, Stances de la Fontaine d'Hélène.

Avant d'inspirer les poètes et les artistes, l'Ardenne suscita de nombreuses légendes, dont la plus connue est celle des Quatre Fils Aymon, et du cheval Bayard. Nombreux sont les lieux qui rappellent leurs exploits par toute la Wallonie, châteaux, ruines, rochers, arbres...
César le premier crut aux légendes de l'Ardenne. Dans ses *Commentaires*, il écrit : « Dans cette forêt

on raconte qu'il se trouve beaucoup d'espèces de bêtes sauvages qu'on ne voit pas ailleurs. Celles qui diffèrent le plus des autres et paraissent les plus dignes d'êtres notées sont les suivantes : le bœuf ressemblant au cerf mais qui porte au milieu du front une corne unique, haute et droite. »
Ou la légende de la licorne qui m'inspire ce poème :

Entendez-vous les roucoulements de la licorne ?
Et le galop de ses sabots d'azur et de corne ?
Devant sa splendeur lorsqu'elle passe,
Les fleurs s'écartent et puis trépassent.

César décrit aussi une sorte d'élan sans articulations qui fait crouler les arbres. Fallait-il que les Ardennais de l'époque, Trévires et Éburons, en racontent des vertes et des pas mûres pour que le grand stratège, à la raison raisonnante et aux décisions radicales, y croie lui-même ! C'est que l'immense forêt d'Ardenne au temps des Romains s'étendait du Rhin à la Meuse et jusque la frontière au sud, qui se nommait » petite Meuse », ou « Mosella. » César s'y engagea sans bagages avec vingt mille hommes et huit cents chevaux. Les Gaulois qu'il y rencontra n'étaient pas des barbares : les partisans d'Ambiorix, dont j'ai raconté l'épopée dans un roman historique, ferraient leurs chevaux, ainsi que l'atteste une découverte à Sprimont près de Liège, et à Saint-Hubert[1]. Cette

1. Ambiorix, loup de l'Ardwenn, roman, illustration de Frédérique Gilson, éd. Bernard Gilson, Bruxelles, 1995.

vaste forêt inspirait la crainte comme l'indique un autel trouvé près de Montjoie, vers le milieu du XIXe siècle : « Titus Julius Aequalis a accompli avec une juste satisfaction son vœu à la déesse Ardenne. »

Ce Titus remerciait la déesse de l'avoir protégé durant une traversée jugée périlleuse en ce temps-là. Cette forêt s'agrandit encore et se rétrécit au cours des âges, selon les besoins des hommes. Sous Charles-Quint, on se réjouissait qu'il y eut « abondance de toutes sortes de venaisons : cerfs, daims, chevreaux, sangliers, lièvres, connils (lapins), tessons (blaireaux ; en wallon, un tasson). Il n'y a point faute de loups, de renards et de faines (fouines) ».

Malgré des mesures de protection à certaines époques, le lynx, l'auroch, l'ours disparurent, ce dernier vers la fin du XIIIe siècle déjà ; et le loup vers le début du XXe siècle totalement. Mais il paraît que le lynx est revenu et vous savez que le castor réintroduit se porte bien et construit des barrages à son aise sous les yeux des promeneurs. À quand le retour du loup ? Le raton laveur importé d'Amérique l'a précédé. Le besoin en charbon de bois pour alimenter les forges, les fourneaux, présents à travers toutes les Ardennes, saigna la forêt, au point qu'en 1772, par exemple, les habitants de Bastogne ne trouvent plus de bois et se plaignent de ce que « les forests sont tout en ruine ».

Au milieu du XIXe siècle, les moins avertis prirent conscience que l'on courait à la catastrophe et l'on s'engagea dans une gestion plus rationnelle

et un reboisement, surtout en épicéas. Ce retour à la forêt d'Ardenne aux collines verdoyantes, aux sources claires, clairière d'air pur et de silence dans une Europe occidentale surpeuplée et urbanisée, constitue un atout menacé par la pollution, les incendies, les détritus, la circulation automobile, les campings, les secondes résidences et the last but not the least, les zonings, souvent demeurés vides, qui enlaidissent et salissent notre Ardenne, au nom du sacro-saint emploi, compris comme l'emploi subalterne promis à court terme et non pensé dans un développement durable de cette grande région.
Cette remarque vaut pour toute l'Ardenne, qui couvre non seulement les provinces belges de Luxembourg, Namur, Liège mais le nord du grand-duché de Luxembourg et notre région sœur, les Ardennes françaises. En Wallonie, toute politique ne peut se prendre évidemment qu'au niveau wallon, assez de localismes et de sous-localismes, une plaie dans notre région.

La légende des Quatre Fils Aymon trouve son origine dans la traque que mena César contre Ambiorix, «grand roi» des Éburons, et qui n'aboutit pas. Le cheval magique donné aux quatre frères par l'enchanteur Maugis, cousin de Merlin, et héritier des druides, est un thème récurrent dans les contes celtiques. On le retrouve dans la légende du cheval blanc à Arlon. Blanc, la couleur de la souveraineté, de la royauté, et du passage vers l'au-delà. Ferais-je l'injure au lecteur de raconter ici la légende de Bayard? Non. Et celle de la

Grande chasse bien évoquée dans un splendide ouvrage de documentation sur les Ardennes de Jean-Pierre Lambot (*L'Ardenne*, Pierre Mardaga, Liège, 1987.) ? À peine.

Qu'il me suffise d'évoquer la querelle entre les quatre frères, fils du duc d'Ardenne, Aymon, avec le neveu de Charlemagne, Bertholet et les intrigues de celui-ci pour perdre les quatre frères. Renaud l'aîné des frères, après une partie d'échecs mouvementée pendant laquelle Bertholet trichait, fracassa l'échiquier sur le crâne du fourbe qui en mourut. Il s'enfuit avec ses trois frères, Allard, Guichard et Richard. Charlemagne mobilisa son armée et organisa la traque par toute l'Ardenne, mais celle-ci, profonde, protégeait les insoumis que Bayard transportait d'un bond du haut des falaises et au-delà de la Meuse. Ainsi jamais Charlemagne ne parvint à saisir les fils d'Aymon. Mais le remords les travaillait jusqu'à ce qu'ils quémandèrent le pardon de l'empereur à la barbe fleurie, pour le bien de leurs âmes et en oubliant l'enseignement païen de Maugis. L'empereur exigea la prise du cheval magique. Ils acceptèrent à contrecœur de livrer Bayard. On lui accrocha une meule au cou et on le précipita en Meuse à Liège, mais Bayard brisa la meule, et sortit des flots sur l'autre bord, et depuis, dit-on, s'entendent ses galops à travers la forêt d'Ardenne. Renaud, en repentir, participa à la croisade, et revint s'engager comme maçon à la construction de la cathédrale de Cologne ; là des ouvriers jaloux l'occirent et Renaud devint saint et martyr. Car, attention, son corps réapparut à la surface du Rhin où les voyous l'avaient précipité, blanc et lumineux[1] ? Difficile de ne pas déceler dans cette légende mise par écrit au Moyen Age, le substrat celtique, la lutte contre l'envahisseur, et la résistance, pour préserver une culture, avec l'aide du druide Maugis. Certains voient dans le nom de « Aymon » la racine germanique « heimat », ou « chez nous », « terroir », « patrie », pourquoi pas ? Résistance des Celtes contre les Romains ? Ambiorix enfui sur son cheval et traqué par César dans la forêt d'Ardenne peut-être bien.

Suivons la course de Bayard par les trois Ardennes... Evidemment Bayard galope, saute, franchit les obstacles, rivières, forêts, falaises, et à toute bride nous ne pouvons voir tous ces châteaux magnifiques, ces ruines, ces grottes qui parsèment les trois Ardennes, tant pis ! Du haut de notre noble monture, nous ne tiendrons compte que des lieux qui inspirèrent les écrivains ou les artistes.

Combien d'écrivains l'Ardenne n'inspira-t-elle pas ?

Au pays de mon père, on voit des bois sans nombre.
Là, des loups font parfois luire leurs yeux dans l'ombre
Et la myrtille est noire au pied du chêne vert.

Verlaine, *Amours.*

1. On se souviendra de la pièce écrite par Herman Closson, *Les Quatre Fils Aymon*, montée jadis par le Théâtre National. Closson fut un ami de jeunesse de Michaux dont il est question à propos de Colpach.

Et le même Verlaine avouera: «Il y a en France des contrées aussi belles que les Ardennes, il n'y en a surtout pas de plus française, à n'importe quel point de vue.»
Les visites littéraires que le touriste cultivé aurait à entreprendre sont nombreuses. En évoquerais-je quelques-unes? Le plaisir est trop intense, oui! En marche, suivons des chemins buissonniers.

Allez dans les Hautes-Fagnes.
Tacite, né à Trèves, y aurait situé l'incendie qu'il décrit dans les Annales (lib. XIII, 57). Il parle d'une «terre de feu» (la tourbe); et comment les Ubiens, habitants de ces landes désolées, chassaient le feu «à coups de bâton et de fouet comme une bête sauvage».
Que d'amoureux des Fagnes, des poètes en langue wallonne, dans ce terroir! *Lès Trouffeûs* de Jean Wisimius, *La Croix de Fagne* d'Henri Bragard, neveu de l'abbé Pietkin de Malmedy, résistants tous les deux et défenseurs de la culture française et de l'âme wallonne! Bragard mourut à Orianenburg, en déportation, le 31 mars 1943. Ou cet autre écrivain du XVIIe siècle, correspondant de Descartes, savant, humaniste et théologien, Libert Froidmont de Haccourt, qui deux ans après la mort de Jansénius, publia le fameux *Augustinus* en 1640; lui aussi écrivit sur la Fagne.
Pousse Bayard vers la vallée de l'Our, Bullange, et nos cousins germaniques: dans cet espace vert et large, vous serez dépaysés. Ici la Communauté germanophone, troisième communauté culturelle de

l'État Belgique. De petits airs d'Allemagne, conduisant vers cette quatrième Ardenne, l'Eiffel.

De la Baraque Michel à Stavelot, il n'y a pas loin. La petite « Marèye » Dubois inspira son premier amour à Apollinaire qui s'en souvint toute sa vie, son cœur s'était pris aux Fagnes de Wallonie... La pauvre aurait brûlé les poésies que le « baron russe » lui avait consacrées, mais c'est faux, le geste est attribué à sa jeune soeur ;

Vous y dansiez petite fille
Y danserez-vous mère-grand
C'est la maclotte qui sautille
Toutes les cloches sonneront
Quand donc reviendrez-vous Marie

Dans *L'Enchanteur pourrissant*, Apollinaire évoque les mulettes perlières que l'Amblève charrie quelquefois, et qui sont connues des seuls vrais Fagnards
Et dans le conte « Que vlo-ve ? » (« Que voulez-vous ? ») il s'inspire des récits de sorcellerie des Fagnes. Le poète avait dix-huit ans quand il séjourna à Stavelot avec son frère de quinze ans ; Maurice Piron note dans son ouvrage *Guillaume Apollinaire et l'Ardenne* (éd. Jacques Antoine, 1975) que le poète ne manqua pas de se mêler à la population, qu'il assista aux séances musicales et littéraires, ce que nous nommons en Ardenne « les concerts », du cercle *La Fougère*, dont les répétitions avaient lieu dans une arrière-salle de la pension où résidaient les frères Kostrovitsky. Les programmes de l'époque signalent qu'une certaine Marie Dubois y

interpréta des rôles. Voilà où, sans doute, le poète rencontra son premier grand amour! En outre, des témoins racontèrent que le poète partageait les causettes des habitants. Son «prof» de wallon fut le maçon Gilles Malpas qui lui enseigna aussi une chanson en wallon que le poète utilisera plus tard à la fin de son conte *Que vlo-ve?* Henri Dehez, spécialiste du wallon de Malmedy, le rencontra et lui remit un exemplaire d'un traité philologique rédigé par l'abbé Pietkin, de Sourbrodt, le curé résistant aux Prussiens. Il avait recopié dans ses carnets la chanson «Marèye» de François Bailleux (1843), poète wallon. Mais délaissés par leur mère, ils étaient sans le sous, les deux frères Kostrovitsky! Sur ordre de leur mère qui séjournait à Spa, près du casino, ils durent s'enfuir à la cloche de bois la nuit du 4 au 5 octobre 1899. Grivèlerie qui émut la région, un procès eut lieu. Cet épisode explique sans doute le long silence que le poète garda sur son séjour à Stavelot!
D'autant qu'il fut accusé quelques années plus tard d'avoir volé La Joconde au Louvre, et emprisonné, comme l'on sait!
Sans aucun doute, les trois mois passés dans la région influencèrent durablement l'œuvre du grand poète. Le thème de l'automne en premier, sans cesse répété, et le souvenir de Marie, l'habiteront jusqu'à sa mort. Dans son fameux poème *La Chanson du Mal-Aimé*, il lui mariera l'image d'une autre Marie, Marie Laurencin. Sa mère, la belle aristocrate polonaise Angelica de Kostrovitsky, dentelles, fanfreluches et falbalas, séjournait dans la ville

d'eaux de Spa avec un amant. Pauvre Guillaume ! Toute sa vie, il dut passer par les fourches caudines dressées par sa mère, pour ses amours aussi mais c'est une autre histoire. Imprégnation wallonne donc ! Voici l'extraordinaire : Apollinaire conserva deux journaux en wallon, retrouvés dans ses archives, *Li Clabot* et *Li p'tit Ligeoès!*, retranscrivit des textes wallons, et parla en 1918 dans une revue parisienne de la littérature wallonne persécutée par les Prussiens[1] ! Mais le comble est qu'il apprit le wallon en trois mois, et qu'il écrivit un poème en wallon pour Marie ! Lui le pur Parisien ! Quelle leçon pour certains « hauteurs » de la littérature belge de langue française, à mille lieues de l'esprit de leur peuple ! Le manuscrit de ce poème inédit fut acquis par le Musée Apollinaire de Stavelot en 2000. Je le retranscris ici dans l'orthographe du poète. C'est un acrostiche, reprenant le prénom de son aimée : Mareie.

***M**i crapaute, ji v's'ainme et vos l'sèpez, Marèie.*
***A**l rôse, fleur d'osté, v's'estez, mi fleûr, parèie.*
***R**abrassez-mi ! D'nez-mi, Marèie, on betch d'Amour,*
***E** wallon, m'binamèïe, è wallon ji v's'è prëie !...*
***I** fat todis m'awarder divins vosse pitit cour ;*
***E**lle est trisse li veïe, i fat qu'nosse Amour mourt*[2]*!...*

---

1. Ce poème a été publié par Émile Meurice dans *Marèye ou Apollinaire et le wallon de Stavelot*, Musée Abbaye de Stavelot, Stavelot, 2004, p.15. Le manuscrit fut acheté pour le compte du Musée Apollinaire de Stavelot.

2. Traduction en français, qui occulte les nuances du wallon :

Le poète avait poussé la galanterie d'écrire les lettres initiales de chaque vers, légèrement inclinées de 90 ° de manière que Marèie lise plus facilement en inclinant la tête!
Si Apollinaire écrivit en wallon, la raison en est non seulement qu'il fut très épris mais aussi que le wallon était à l'époque, au début du xxe siècle, la langue véhiculaire et prédominante en Ardenne. L'auteur de l'étude sur ce manuscrit extraordinaire, Émile Meurice, conclut par cette phrase: «Les Wallons d'aujourd'hui pourraient en tirer certaines leçons, telles que le devoir qu'ils ont de cultiver avec fierté et intérêt leur beau patrimoine artistique.» Qui n'est même pas, je le souligne, enseigné, dans nos écoles primaires! Comme exemple d'acculturation, ce n'est pas mal!

Ma bonne amie, je vous aime, et vous le savez, Marie.
À la rose, fleur d'été, vous êtes, ma fleur, pareille
Embrassez-moi, donnez-moi un bécot d'amour
En wallon, ma bien-aimée, en wallon je vous prie
Il faut toujours me garder dans votre petit cœur;
Elle est triste la vie, il faut que l'Amour meure.

Ci-dessous, un autre poème en acrostiche, adressé à la même Marie Dubois, appelée Maria, écrit par Apollinaire, et qui a le même sens que le poème en wallon, il s'agit d'une traduction «littéraire» en quelque sorte.

Mon amie adorée avant que je m'en aille
Avant que notre amour triste triste défaille
Râle et meure ô m'amie une fois une fois
Il faut nous promener tous deux seuls dans les bois
Alors je m'en irai plus heureux que les rois.

Question: Marèye accéda-t-elle à la prière de Guillaume?

Marie Dubois avait le même âge que Guillaume. Jolie aînée de trois filles d'un cafetier de Stavelot. Cet amour sincère semble avoir été partagé par la jeune fille mais si elle fut flattée par les attentions de ce personnage excentrique, qui parlait bien, portait haut, un chapeau à la Rubens sur la tête, elle n'en était pas moins ardennaise, soit prudente et méfiante : des olibrius pareils, les Stavelotains n'étaient pas habitués à les voir ! Le poète lui adressa, cela est assuré, des dizaines de poèmes qu'elle conserva jusqu'à sa mort qui survint une année après le décès d'Apollinaire, à 39 ans, en 1919, sans jamais s'être mariée. Les écrits du poète seraient passés ensuite dans les mains de sa sœur puînée Irma, qui, lors d'un grand nettoyage, les aurait malencontreusement détruits après 1940 !

Marèie était très douce et charmante
Moi qui l'aimais d'Amour m'aimait-elle, qui sait ?
Je revois parfois à la lumière tremblante
Des lointains souvenirs cet Amour trépassé[1]

---

1. Apollinaire aurait songé à un roman, « Conflit rustique entre Wallons et Prussiens de Malmedy » d'après Piron. L'occupation de la Malmedy wallonne par l'Allemagne, l'avait impressionné. La rencontre d'un spécialiste du wallon de Malmedy, Henri Dehez, atteste son intérêt pour le wallon et la Wallonie. Il existe un autre poème en wallon, naguère conservé à l'abbaye de Stavelot mais qui fut volé, cependant un exemplaire existe à la Bibliothèque Nationale de France à Paris ; il fut publié par Maurice Piron dans *Anthologie de la Littérature wallonne*, Liège, Mardaga, 1979, réédition en 1993 ; voir aussi du même auteur, *Guillaume Apollinaire et l'Ardenne*, Bruxelles, Jacques Antoine, 1975.

Stavelot accueillit aussi dans ses murs un des plus grands peintres symbolistes, au nom bizarre, William Degouve de Nuncques né à Monthermé en 1867, d'une famille noble. Caractère timide, réservé que celui de l'artiste qui connut des périodes de prostration, surtout après la mort de sa première épouse qui était la belle-sœur de Verhaeren. Sa réputation d'artiste connaîtra des éclipses, du pinacle à l'incognito. N'empêche qu'à cette heure, son œuvre s'admire aux musées d'Orsay, de Barcelone, de Kröller-Muller aux Pays-Bas, d'Ixelles et ailleurs. Très tôt son talent se révéla, Verhaeren et Maeterlinck vantèrent tour à tour sa valeur esthétique, et Degouve voyagea et exposa beaucoup en Europe, avant de demeurer jusqu'à sa mort en 1935 à Stavelot, d'où la classification de son œuvre en période symboliste, religieuse (dont de splendides esquisses pour un Chemin de Croix, fresque commandée pour l'église de Xhignesse), espagnole, hollandaise et... stavelotaine.
L'artiste inspira les peintres talentueux de «L'École de Verviers», eux aussi merveilleux peintres de l'Ardenne, Lebrun, Derchain, Julémont, Gérard, Pirenne, Schmitz, qui virent en lui leur maître comme cet autre peintre de l'Ardenne, le Liégeois Auguste Donnay. Un tableau comme *La Maison de Lumière* de Degouve a inspiré Magritte dans son huile, *L'Empire des Lumières*. Peintre du silence ou peintre de l'imaginaire ainsi que Knopff dont je parle plus loin, Degouve compte parmi les artistes «belges» les plus cotés aujourd'hui.

Dans son inspiration ardennaise, on contemplera *La Croix brisée*, *Dégel à Stavelot*, *La Meule*, entre beaucoup d'autres chefs-d'œuvre.

Spa! Que de noms fameux fréquentèrent ses bains? Excepté Napoléon qui y voyait trop d'Anglais conspirant contre lui! D'abord Marguerite de Valois, reine de France et de Navarre, qui, dans ses Mémoires, écrit: «Spa est un petit village de trois à quatre meschantes petites maisons.» Et paf! Vers 1577! La suivirent Charles II d'Angleterre, Cosme III de Médicis, Christine de Suède, Pierre le Grand, tsar de toutes les Russies, Joseph II, empereur d'Autriche, la duchesse d'Orléans, Guillaume Grimm, l'un des deux frères auteurs de contes, le prince de Ligne et Fabre d'Églantine, en 1780, poète de la Révolution; Vittrio Alfieri, Fontenelle, Helvetius, le musicien Meyerbeer, le romancier Walter Scott, et Las Cases, l'auteur du Mémorial de Sainte-Hélène, sans compter Fenimoore Cooper, l'auteur du *Dernier des Mohicans*, et Alexandre Dumas, le poète Vielé-Griffin, Léon Daudet. Non loin de Spa, à Sart, résidèrent l'historien Henri Pirenne, auteur d'une *Histoire de Belgique* monumentale, ainsi que le musicien wallon Joseph Jongen.
C'est dans cette région de Stavelot-Malmedy que fut composée la Geste de Renaud de Montauban ou des Quatre Fils Aymon, près de trente mille vers, et à ce propos, le romaniste français Joseph Bédier écrivait: «La forêt d'Ardenne est la Brocéliande des chansons de geste.» Lez Malmedy, le château de Renardstein, l'un des repaires des Quatre Frères qui fuyaient la colère de Charlemagne. Saint

Bernard, fondateur de l'ordre des Cisterciens, mort en 1153, écrivait: «Malmedy est le plus délicieux vallon de toute l'Ardenne.» – Totius Ardwennae vallis amoenis Sima – L'abbaye de Stavelot est proche, aujourd'hui dédiée aux Arts, de même que le château fort de Logne.

Mais Bayard ne tient pas en place, les traqueurs non plus...

Il s'engage dans les splendides vallées de l'Ourthe et de l'Amblève.
À Tilff résidaient l'helléniste Marie Delcourt et son mari l'écrivain Alexis Curvers, auteur du roman *Tempo di Roma*. Y habite à cette heure mon ami le peintre Ransonnet.
Camille Lemonnier, romancier de la fin du XIXe siècle, auteur de *Un Mâle*, fréquentait ces vallées, à Esneux, à La Roche, comme Victor Hugo, Oscar Wilde et le poète néerlandais Jacques Perk connu à La Roche. N'oublions pas Remouchamps, patrie du célèbre conteur Marcelin La Garde. Coo n'est pas loin ni les fonds de Quarreux! Tout près de là se situent les ruines du château d'Amblève, autre repaire des Quatre Fils Aymon, et le Plateau des macrales, à Louveigné.

Mais Bayard galope, galope, et serrés les uns contre les autres sur son dos, nous fendons les airs...
Sautons par-dessus la forêt d'Ardenne, vers la Meuse, là où fut stoppée l'offensive de von Runstedt en 1944, à Dinant.
Dinant!

Ici, Bayard, les traqueurs t'embarrassèrent de lassos comme s'ils désiraient te domestiquer, t'asservir, mais on ne dompte pas Bayard aux naseaux fumants; un nœud coulant plane sur ta tête; on te lance dans les jambes une corde à deux boules de plomb ainsi qu'on procède pour arrêter ceux qui courent plus vite que les anges; mais tu es plus habile que les anges, tu brises d'un coup de sabot la meule qu'ils t'attachèrent au cou par une nuit sans lune; tu échappes aux cordes et aux rets traîtres et maintenant tu gravis les berges de la Meuse, et tu te cabres, grand, immense au-dessus de la mêlée des hommes; et tu galopes vers la forêt d'Ardenne, caressé par la brise fraîche...

Cette ville importante de la ci-devant principauté de Liège, État indépendant depuis Charlemagne jusqu'à la Révolution à laquelle le peuple adhéra dès son déclenchement, elle mériterait un livre à elle toute seule, pour évoquer sa riche histoire, dont le sac de Dinant par le Téméraire, et le supplice des révoltés, recouverts d'un sac lesté d'une pierre et jetés sans autre forme de procès dans la Meuse, (comme Bayard), torture perpétrée par les Bourguignons. Que de personnages célèbres y passèrent, du peintre anglais Turner à Victor Hugo. Patrie de Sax, inventeur du saxophone, et des grands peintres «flamands», Joachim Patenier et Henri Blès qui est né, lui, à Bouvignes. Patenier développa le paysage en peinture et ses bleus annoncent ceux de Degouve de Nuncques.

C'est ici que Bayard, le cheval des Quatre fils Aymon, fendit d'un coup de sabot un rocher pour échapper aux troupes de Charlemagne, le « rocher Bayard ».
Marguerite de Valois, encore elle, durant son voyage en 1577, relate dans ses Mémoires qu'elle visita Dinant « lors d'élections houleuses de la commune ».
Tragique histoire que celle de Dinant, on compte deux cents assauts et dix-sept sièges de la Citadelle, et les Dinantais ou « Copères », rencontrés dans ma jeunesse, se souvenaient encore des massacres allemands durant la Première Guerre mondiale, et des bombardements en 1940 et 1944.
Non loin de la cité de la dinanderie et des couques, voici Anseremme, et son « auberge des artistes », qui fut, dans les années 1870, le lieu de réunion de nombreux artistes et écrivains, Rops parle de « la colonie d'Anseremme » dans sa correspondance : s'y réunirent Émile Verhaeren, Georges Rodenbach, Charles De Coster, ami de Rops, auteur du fameux « Thil Uylenspiegel », écrit en français, et le futur gendre du beau Fély, l'avocat-écrivain bruxellois Eugène Demolder. Maurice des Ombiaux écrivit un roman sur cette auberge qui existait encore dans les années 1930, mais désertée depuis cinquante ans par les peintres Hippolyte Boulenger le paysagiste, et Van Rysselberghe, et Alfred Stevens. Rops a peint les environs, et la Haute Lesse, des paysages heureux, aérés, toniques, lui qui aimait pratiquer l'aviron sur la Meuse pour oublier sans

doutc ses « Parisines », les deux sœurs Duluc avec lesquelles il vivait à Paris...

Ah ! Bayard, la Meuse... Meuse endormeuse de la Pucelle de Péguy, Meuse qui tend ses bras, les façades claires s'y reflètent, et les arbres des chemins de halage. Trotte Bayard, les collines joue contre joue, le soleil qui fait scintiller la Meuse telle une lame d'épée de Cordoue, et les clairs de lune qui illuminent ses vergers... douce Meuse... fleuve des artistes du Moyen Âge, l'Art mosan, Renier de Huy, Hugo d'Oignies...
Continuons notre chemin, Ciergnon et son château royal érigé au XIXe siècle ; et tous ces villages mosans, pittoresques à souhait tels que Falmignoul, patrie du romancier wallon Constant Burniaux ; les grottes de Han et celles de Rochefort. George Sand écrivit à propos des premières : « ... nous entrâmes dans le chaos. Les parois qui m'oppressaient s'écartèrent, le sol se creusa rapidement, des espaces sombres que les torches remplissaient d'une brume rougeâtre s'ouvrirent, tantôt sous mes pieds, tantôt sur ma tête ; la Lesse gronda dans les profondeurs invisibles. » Elles inspirèrent un sonnet à Jacques Perk : *De grot van Han*, et le décor du début du roman d'Adamek, *La Grande Nuit*.

Au grand galop Bayard remonte la Lesse, vers Redu, village totalement consacré aux livres, patrie de l'écrivain et éditeur hélas décédé Omer Marchal, et de mes amis, l'un écrivain wallon, Luciyn Mahin,

et l'autre, restaurateur, Alain Clippe à la Barrière de Transinne.
Camille De Taeye, peintre, trouva souvent son inspiration en se promenant par les méandres de la Lesse.
Descendons vers Beauraing, lieu de naissance du romancier Maurice des Ombiaux, là où apparut la Vierge à des enfants, le 29 novembre 1932, paraît-il. À deux pas, s'élève Sevry, charmant village de Marcel Penasse qui incarna mon personnage Capiche au théâtre, salut Marcel !, et Givet en France.

Galope, galope, Bayard, par les prés et les bois, bondis au-dessus des vallées, évite les villes et ces dizaines de routes tarmaquées, qui lacèrent de plus en plus nombreuses le pays d'Ardenne ! Hume, Bayard, l'odeur des aurores, ton ami est le vent tzigane comme toi, galope, galope !

Pousse vers Monthermé, patrie du peintre symboliste William Degouve de Nuncques, où est érigé le monument consacré aux Quatre Fils Aymon, à Château-Regnauld, hommage rendu à un sang qui coule dans nos veines.

Ici Bayard se reposa et dormit au carrefour de la Semoy et de la Meuse.

Hardi Bayard, galope vers Sedan, théâtre d'une boucherie guerrière, la guerre de 1870, à laquelle assistèrent Camille Lemonnier et Félicien Rops ; son château fort, le plus grand d'Europe, de trente-cinq mille mètres carrés ; et Charleville, patrie de l'homme aux semelles de vent, Rimbaud.

De mes ancêtres gaulois j'ai l'œil bleu
Et l'instinct des écorcheurs de bêtes...

Charleville abrite certes un Musée Rimbaud mais également un Musée de l'Ardenne. Des écrivains contemporains tels Yani Hureaux, Franz Bartelt, illustrèrent cette Ardenne à la suite d'André Dhôtel. Pourquoi les Ardennes françaises attrayantes sous le soleil me donnent-elles le frisson ? Je les traverse sans m'arrêter en direction de Paris, souvent grises et pluvieuses, à l'image du roman de Jean-Claude Pirotte, *La Pluie à Rethel*...

Ce mois de juin, avec ses pluies grasses, ses ciels frigides, ses rues rétrécies par le vent, ses odeurs moites de bête infidèle, c'est le dernier mois de juin. (...)
Moi, je bois une bière tiède à la terrasse du PMU, je me dis qu'il suffirait décrire de soir en soir, de paragraphe en paragraphe, cette lourdeur et ce vertige que j'éprouve, et la mort enfin viendrait avec ses cheveux d'ange de cinéma et son hourvari de moteurs chauds.
(*La Pluie à Rethel*, éd. Labor, collection Espace-Nord, Bruxelles, 1991)

Immédiatement je pense « à l'Europe aux anciens parapets », expression du « Bateau ivre » de Rimbaud. Pirotte se laisse engluer dans la pluie de Rethel, Rimbaud rêve de devenir fils du soleil, changement d'époque. Il n'empêche, voilà un visage des trois

Ardennes, la grisaille d'un pays pluvieux et froid, cependant cette grisaille n'est point l'âme qui l'habite, mais souvent celle qui nous hante et que l'on projette sur le paysage coloré de mélancolie. Mais un Bayard en cache un autre : Mézières-lez-Charleville est la patrie du chevalier Bayard, chevalier sans peur et sans reproche, et la ville aînée de Charleville. Son nom signifie « murailles » du latin « maceriae » ; village fortifié fondé sous les Carolingiens, refuge de nombreux Liégeois puisque dépendant de la Principauté, qui devint un centre administratif assoupi, surtout lorsqu'en 1606, Charles de Gonzagues, duc de Rethel, décida de fonder la ville qui porte son nom. Mais à cette époque, Bayard est déjà légendaire. En 1521, le chevalier, lieutenant du roi François 1er, stoppe dans la forteresse de Mézières les troupes de Charles Quint. Des festivités, en 2005, célébrèrent le retour à Mézières de la statue du chevalier sans peur et sans reproche, refaite d'après celle qui s'élève dans la cour de l'école de la Légion d'honneur à Paris. La basilique Notre-Dame de L'Espérance est curieuse, on y découvrira la plus large composition de vitraux d'Europe, près de 1000 m^2, dans une majesté de couleurs, créée par René Durrlach, un ami de Picasso. Et n'oubliez pas que Charleville organise tous les deux ans un festival international de la marionnette, le prochain en septembre 2009.
Et comment ne pas évoquer ici le souvenir du magique romancier Julien Gracq ? Une seule journée, en octobre 1955, et une promenade

de 25 km dans la forêt, de la gare de Revin à Monthermé, suffira pour qu'il soit conquis par l'Ardenne qui lui inspirera *Un Balcon en Forêt.* Dans le texte intitulé «En lisant en écrivant» (José Corti, 1980, p. 93), à la fin de sa vie, l'auteur du celtique roman *Au Château d'Argol*, écrit :
... dans le bois des Manises, où un sentier s'ouvre à moi au fond d'une coupe, la promenade dans le taillis mouillé arrosé de soleil est si riante à dix heures du matin que l'envie me vient presque de m'ébrouer dans le feuillage humide aux senteurs d'automne à la fois terreuses et ailées.
À tout prix, lisez ces romans de Gracq, Bayard vous y invite en hennissant!...

Si nous descendons la Semoy devenue la Semois en Belgique, nous croisons Vresse et le souvenir de peintres dits «ardennais», tels que Raty, Heintz et surtout Barthélemy; Alle, Rochehaut et le Tombeau du Géant, Corbion que décrit Verlaine dans ses *Croquis de Belgique*, et enfin Bouillon patrie de Godefroy qui n'y a sans doute jamais mis les pieds, illustre croisé franc dont l'action à cette heure est mise en question. La province de Luxembourg en Wallonie, a fondé des prix divers portant son nom.
Gille Boileau de Bouillon, au XVIe siècle, était un poète de cour de Charles Quint, on oubliera son nom, de même que celui de Degrelle, il faut le dire, fondateur de Rex et de son sinistre mouvement fasciste. Nous préférerons, guerre pour guerre, le nom de Turenne qui institua une bourse pour les nécessiteux, et celui de Pierre Rousseau,

imprimeur toulousain qui s'installa dans la cité pour imprimer les textes censurés en France, des Encyclopédistes, Diderot, Rousseau, Voltaire, d'Alembert. Ses périodiques révolutionnaires, Journal encyclopédique, Journal politique, et la Gazette salutaire, nous arrachent cet aveu pénible : quelle décadence pour aboutir à l'antithèse de l'esprit humaniste, Degrelle ! Ici, nous ne sommes pas fiers de la hure, et nous préférons de loin le coq, gaulois, wallon et révolutionnaire !
Dans son roman *La Débâcle*, Zola décrit Napoléon III, prisonnier à Bouillon après le désastre de Sedan. Le 18 septembre 1863, Verlaine déjeuna à Bouillon, au presbytère, avec ses amis, les frères Delogne qui se destinaient à la prêtrise alors que le poète attendait son ami Rimbaud pour un autre sacerdoce. D'ailleurs le poète barbu admirait surtout les truites de la Semoy : « Les truites de la Semoy ! les truites ! que la révérence m'empêchera cette fois, de qualifier de divines, mais qu'un respect attentif non moins que rétrospectif et qu'une reconnaissance un peu profane peut-être, dans le cas, ne m'empêchera pas, mordieu pas !, de magnifier de cléricales, les truites de la Semoy, dignifiables même de saumonnées, consommées en toute dilection, en compagnie des bons collègues du bon curé, ô les truites de la Semoy ! »
Passons Florenville remarquée par Victor Hugo, pour Chassepierre connue aujourd'hui pour son festival annuel des artistes de rue, fondé par Alain Schmitz, et l'abbaye d'Orval fondée au XIe siècle par la duchesse de Toscane, veuve du comte de

Chiny. 1793, les sans-culottes la pillent sous les ordres du général conventionnel Loyson. Ne subsistera que la tour des Archives vidée de sa précieuse bibliothèque. Une légende prétendit que les moines, chassés, eussent enfoui un trésor que l'on n'a jamais retrouvé. Dans son roman *Les Errants dans la Nuit*, Paul Féval s'en inspire. Après 1920, Dom Albert Van der Cruysse, de Gand, abbé, entreprit de rénover l'abbaye, ce fut fait en vingt ans, et depuis lors celle-ci a retrouvé son lustre, havre de paix, de spiritualité et ma foi, allez jeter une pièce dans la fontaine « Mathilde », cela porte bonheur depuis que les Gaulois honoraient leurs dieux de la sorte, jetant dans les sources leurs bijoux et leurs armes les plus précieuses. Orval connut des abbés au caractère bien trempé, tel ce Giscard de Montgaillard, gascon de souche, issu du château du même nom, prédicateur connu à Paris, Bruxelles, Anvers et Luxembourg. Un rien fanatique, il prit le parti de la Ligue contre le roi de France. Un ouvrage de l'époque, le XVIe siècle, le dépeint comme « boiteux, armé tout à crud, se faisant faire place avec son épée à deux mains, une hache d'arme à sa ceinture et son bréviaire par derrière ». Il prêchait aux archiducs Albert et Isabelle, les archiducs tant vantés par Pirenne. Nommé abbé à Orval en 1605, il enrichit l'abbaye, usant de méthodes modernes, soit malhonnêtes, de « marketing », il trucida aussi un de ses moines, et à sa mort, brûla tous ses manuscrits, il valait peut-être mieux !

Orval eut partie liée avec les Jansénistes chassés de Port-Royal. Antonin Arnauld, animateur des Messieurs de Port-Royal et ami de Pascal, réfugié à Bruxelles, se retira à Orval où il rencontra un coreligionnaire au nom à rallonge, Messire Sébastien Joseph du Coislin du Cambout. Tous deux virent qu'ils étaient trop à l'aise dans l'abbaye et se retirèrent à Conques, à quelques kilomètres, abbaye dépendant d'Orval, entre Herbeumont et Sainte-Cécile. N'en reste à cette heure qu'une ferme transformée en hostellerie. Selon Chateaubriand, l'abbé de Rancé séjourna aussi à Orval.

Bayard, le païen, n'a cure des patenôtres, il se cabre, et jette sa gourme…

Sur la route de Virton, Jamoigne où crée le dessinateur gaumais Jean-Claude Servais ; et Virton, un parfum de France, qui se déclara encore française en 1848, et républicaine, ce qui lui valut la rancune de nos rois ; dans les années 1950 et 1960, se développa un petit cercle artistico-littéraire inspiré par Georges Bouillon et sa revue *La Dryade*, qui, aujourd'hui défunte, ne trouva pas de successeur. Goffette, Raucy, Geoffroy, Marguerite Brouhon, voici quelques noms entre autres, des créateurs dans cette région.
Au lieu de continuer vers Arlon, obliquons vers le nord, Léglise et son tertre datant du ve siècle avant J.-C., abritant un chef celte couché sur son char ; ce tertre forme la pointe d'un triangle, dont les autres coins sont Bastogne et Saint-Hubert où des archéologues décelèrent des dizaines de

tombes de cette époque, assez pauvres en mobilier il est vrai, mais typiques de cette civilisation ; peut-être s'agit-il des premiers habitants de ces régions froides ?
Près de Buzenol, à Fratin, nous revoici en Gaume, vécut le poète-paysan Francis André, à la vie malheureuse, dont les récits et les *Poèmes Paysans*, écrits en alexandrins classiques constituent un chef-d'œuvre.

Bêtes de mon étable,
Bêtes de notre terre,
Que j'ai vues naître, se former, s'épanouir,
En ce puissant statut musculaire
Que vous érigez devant moi.

Je suis né de la même terre,
Frêle graine d'homme tombée des étoiles.
J'ai mangé avec vous au long des âges
L'herbe et l'écorce de notre terre.
J'ai vécu avec vous les grands exodes
À travers les continents hostiles.
Je n'avais ni vos dents, ni vos cornes
Pour lutter, me défendre et me perpétuer.
Mais un jour j'ai pris une branche,
Une branche arrachée par le vent,
Une branche gisant au sol,
Et, grâce à cette branche,
J'ai pu vous vaincre et vous asservir.

Saint-Hubert et son abbatiale, patrie des frères Redouté, peintres mignards de fleurs pour les rois de France ; Nassogne et sa chapelle de Saint-

Monon... le souvenir du poète Saint-Pol-Roux qui séjourna dans la région...

Virevolte vers Bastogne, Bayard, son mémorial de la Seconde Guerre mondiale, le Mardasson, et ses vestiges historiques, le rempart du Moyen Âge complètement démoli, sa maison forte de l'Ancien Régime également démolie, vive le patrimoine!... reste la Porte de Trèves et l'église Saint-Pierre de style rhénan à la superbe voûte et à la chaire de vérité d'un artisan de grand talent, Scholtus, et aussi son musée en Piconrue, à côté du Petit Séminaire, qui s'intéresse aux artisanats, croyances et coutumes de l'Ardenne d'autrefois. J'ai passé mon enfance dans cette ville, ma ville.

Plateau vécu de Bastogne
Où je bois l'air sans pareil
Des jours passés en cataracte
(dans *Les Vents gris*, 1973)

D'un bond Bayard m'a transporté à Fosset, le mignon hameau de Fosset, près de Lavacherie, quelques maisons aux pierres de schiste posées l'une sur l'autre, sans ciment, et chaulées de blanc. Là peignit le plus grand peintre de l'Ardenne, avec Degouve, Fernand Knopff!
Sa mère et sa sœur quittaient Bruxelles et se réfugiaient souvent dans ce désert, et Knopff ressentait la poésie de la forêt, des champs de bruyères, des ciels changeants, et du petit pont sur la rivière. Il fut un grand peintre de paysages,

et pour lui n'existait qu'un paysage, celui de Fosset qu'il représentera des dizaines de fois, jouant des heures et des saisons à la façon de Monet. L'inconscient projeté sur le monde, le paysage comme état d'âme. Verhaeren qui admirait l'art de Knopff avec autant de ferveur que celui de Degouve de Nuncques, souligna la singularité de « l'Ardenne des hauts plateaux et des larges horizons et des étendues roses de bruyères et jaunes de fougères et vertes de genêts et des lignes solennelles, souples, immenses, s'étendant à l'infini comme si on avait déplié des montagnes ». Le paysage de l'Ardenne chez Knopff se débarrasse de l'accessoire : lever de soleil, bruine, nuages passants, neiges, crépuscule, clair de lune, des paysages où l'homme est absent presque toujours, comme chez Degouve, emplis de silences et de mystères. Le pont de Fosset fige le ruisseau, l'étang de Ménil est un miroir inquiétant. Mélancolie, temps suspendu…
« Paysage-réceptacle, Fosset est le confident et chaque nuance du jour renvoie aux soubresauts de l'âme. On imagine aisément Knopff hantant les mêmes lieux solitaires, attendant le moment propice, notant dans ses carnets une lumière, une ombre, une couleur aux tonalités singulière… » (Michel Draguet, *Fernand Knopff ou l'ambigu poétique*, Flammarion-Crédit Communal, Paris-Bruxelles, 1995, p. 41)

Loin des avenues en ligne droite, vers les vergers aux pommes illuminées, dans l'architecture des arbres, va Bayard, et vois, les grands chênes d'Ardenne soulèvent le ciel de leurs bras puissants…

Plus haut, Houffalize, qui organise des compétitions de VTT ; Gouvy et son festival de jazz ; Vielsalm et son carnaval où dansent les macralles, ainsi que s'esbaudissent quelques kilomètres plus haut les « blancs moussis » à Stavelot, et les haguettes à Malmedy. Déboulant de la Baraque de Fraiture, la vallée de la Lienne, Érezée où habitent notre ami Adamek et son épouse Ingrid, Durbuy la mignonne que hante mon ami peintre Daniel Seret. À gauche La Roche, et Bérismenil, son « Cheslé », oppidum celtique, non loin du photographe de l'Ardenne, Daniel Michiels qui succéda à cet autre photographe de notre pays, Edmond Dauchot.
En direction de la Famenne, Wéris, sa Pierre Haina, qui cacherait, dit-on, un dragon, « un lumeçon ». Parmi ses dolmens et ses menhirs, le « pas Bayard ». Car notre cheval hennit et se cabre aux endroits ensorcelés, houp nous virevoltons vers le sud, par la nationale 4 qu'emprunta Chateaubriand, non pas en automobile, mais sur une charrette, blessé, retour d'une bataille perdue par les futurs émigrés contre les révolutionnaires, il passa par Attert où j'ai habité une dizaine d'années. Je lui dédiai ce poème :

Là où j'habite
Passa Chateaubriand
Là où je vis en ermite
Au milieu des champs

Pinsons bouvreuils
Dans le vent répètent
Levez-vous vite

Orages désirés
Qui me devriez emporter

On a tué le chêne centenaire
Dernier témoin d'autres guerres
Qui vit passer sous son auvent
Le grand Chateaubriand

Bercez-moi de vos rumeurs
Je ne suis qu'un enfant
Perdu loin de la fête
Des hauts arbres rieurs

Ainsi disant
Je marche à grands pas
Et le vent dans leurs chevelures
Musent les souvenirs
Des démons de son cœur

Qu'il revienne en passant
Couché sur une charrette
Le grand Chateaubriand
Sur les bords de l'Attert
(dans *Gaïoules*, 1974)

À deux pas d'Attert, par Post et Heinstert, dirige-toi, Bayard, au pas, vers le château du Pont d'Oye, château du XVIIIe siècle, ancienne propriété d'un maître des forges prospère. Sa femme, Louise de Lambertie, une Lorraine, avait connu les fastes du Versailles lorrain, à Lunéville, puis à Nancy, auprès du roi Stanislas. Elle désira magnifier ce château en un rendez-vous des beaux esprits, et jouer le rôle de Mademoiselle de Lespinasse… dans la forêt d'Anlier. Voltaire, venant de Cirey, accompagné de

Madame du Châtelet, fut l'hôte de la marquise, selon Pierre Nothomb, baron, écrivain, qui rêva de rendre au château son lustre d'antan dans les années 1950 et 1960, en invitant poètes et artistes, tels Francis Jammes, Georges Bernanos, et des littérateurs du coin, entre autres Jean Mergeai, romancier, et André Schmitz, poète, sans oublier Hubert Juin, poète, romancier et critique d'art à Paris, originaire d'Athus.
Mais la marquise, trop prodigue, ruina son mari et le château perdit de son faste. Aujourd'hui deux hôtels-restaurants réputés se partagent le site, dans un cadre pittoresque. Pierre Nothomb institua une bénédiction de la forêt, chaque 2 octobre, sur le lieu, une occasion de rassembler poètes et artistes de la région. Il désira être enterré, à deux pas du château.

J'ai fait creuser ma tombe au seuil de la forêt
J'ai fait tailler la dalle et le banc et la croix
J'ai fait planter auprès l'arbre pudique et droit
J'ai tracé le chemin de ronde, tout est prêt.

Un des frères du poète, d'opinion politique adverse, combattit aux côtés de Malraux durant la guerre civile espagnole, dans la fameuse escadrille créée par l'écrivain, et, après des déboires durant la guerre et l'après-guerre, il s'attela à l'étude de la Bible. La petite-fille de Pierre Nothomb est à cette heure une écrivaine à succès, Amélie Nothomb.

Voilà que Bayard s'impatiente! Non loin d'ici, il porta les quatre frères dans un refuge...

À Buzenol, les archéologues mirent au jour un bas-relief représentant une moissonneuse gauloise telle que la décrivit Pline l'Ancien au 1er siècle après J.-C. Le visiteur y admirera les ruines de l'oppidum celtique, sorte d'éperon barré, et celles d'un donjon du haut Moyen Âge, appelé le « château Renaud », un gîte de plus pour les Quatre Fils Aymon, où nous nous reposerons quelques instants, le temps de boire un coup, une bière wallonne, une chouffe, une rochefort, une rulles, pourquoi se refuser ce petit plaisir, mais attention à la cuite et à la suite, les chemins seront tortueux.

Mazette, et nous voilà à Arlon, chef-lieu d'arrondissement, accidentellement attaché à la Belgique alors que le destin de la ville était grand-ducal. Ici on boit du « maitrank » qui n'est autre que le vin herbé des Gaulois, attention ce n'est pas du vin blanc de la Moselle, on y a ajouté du cognac et des plantes, de l'aspérule, que les gamins cueillent dans les bois environnants, de Frassem, ouïe ouïe, la tête ! Bayard, attends-moi. Ici je gis quelques heures… La langue vernaculaire de la région est d'ailleurs le francique-mosellan et non plus le wallon ou le lorrain. Au mitan des trois-frontières, nous touchons à la Lorraine qui, à vrai dire, aurait pu tout aussi bien être française si le sort avait suivi son cours. Arlon ou *Orolaunum vicus*, ville romaine importante qui depuis lors ne connut jamais un destin aussi brillant, du bas de la ville jusqu'au sommet, la *knippchen*, située sur la route Reims-Trèves et Reims-Tongres. Certaines caves et soubassements de maisons y sont encore romains. Victor Hugo y arriva le 28 août 1862, à 5 heures du matin acclamé par le conseil communal, bourgmestre en tête, et la population, rien de moins ! Et Goethe, de retour de la bataille de Valmy, logea rue des Capucins, sur la Knippchen, le 13 octobre 1792. Mais auparavant, Arlon vit naître des humanistes, tel Jérôme Busleyden qui correspondit avec Thomas More et Érasme, et Barthélemy Latomus, professeur au Collège royal de Paris, lui aussi ami d'Érasme. Ces latinistes eurent une succession avec l'historien Godefroid Kurth, premier auteur d'importance d'une Histoire de Belgique, assez biaisée faut-il le rappeler et antifrançaise, mais l'historien écrivait avec style et ses portraits de figures historiques tels que Clovis ou Charlemagne sont des morceaux d'anthologie ; sans compter quelques écrivains, Alfred Bertrang, historien de la plus antique ville de Belgique, et les Van Dooren, père et fils, Camille Joset, Pierre Nothomb encore, sans oublier Jean Mergeai, et Frédéric Kiesel, auteur de plusieurs recueils de contes d'Ardenne et poète de qualité, et la poète d'origine française Anne-Marie Kegels. Le violoniste virtuose Eugène Ysaye se maria dans la ville. Le poète Jules Laforgue comptait parmi les invités ainsi que le sculpteur Gaspard, membre du Groupe des XX, à Bruxelles. J'attire l'attention sur Jean Mergeai, dont certains livres sont des classiques de la littérature wallonne et ardennaise, citons ce véritable « best-seller », qui connut de multiples rééditions, *Du Temps de ma maison*, dont voici l'incipit.

Un soir de janvier, s'est effondrée, dans un grand cri de poutres brisées, la vaste maison usée de mon enfance villageoise. À la vérité, je crois que c'est de vieillesse qu'elle est morte.
Des siècles pesaient sur ses murs, et plus encore, peut-être, un insupportable faix de souvenirs.
Du petit lait...

Pierre Nothomb considérait Arlon dans l'esprit de Maurice Barrès, tel un lieu inspiré ainsi que la colline de Sion en Lorraine, pareil à « une ligne de faîte », entre deux bassins, celui du Rhin et celui de la Meuse, entre latinité et germanité ; déjà l'idée de l'Europe. À un pas d'Arlon, l'ancienne abbaye de Clairefontaine, qu'on relève actuellement peu à peu de ses ruines, et détruite à la Révolution, à visiter ainsi que le musée archéologique de la ville et le musée Gaspard, dans la même rue.
Arlon ouvre la voie vers une autre Ardenne qui lui est parente, le Luxembourg. Plus loin, j'évoque Troisvierges ; maintenant je m'attarde sur Colpach, à quelques kilomètres d'Attert, dans la direction de Redange-sur-Attert. Émile Mayrisch, fondateur et patron de l'Arbed, société regroupant à l'époque la puissante sidérurgie grand-ducale, acquit un château habité avant lui par un peintre hongrois, qui logea Listz. Lui et son épouse Aline de Saint-Hubert créèrent dans ce lieu inspiré un foyer culturel assez exceptionnel, européen avant la lettre, et destiné dans l'esprit des propriétaires, par ailleurs mécènes et collectionneurs d'œuvres d'art, au rapprochement franco-allemand et à l'Europe. Jean Schlumberger, le peintre Van Rysselberghe,

ami de la famille, André Gide, Marie Delcourt, arlonaise d'origine, Annette Kolb, Charles Vildrac, Walther Rathenau, Paul Claudel, Stefan Zweig, Alexis Curvers, Jules Romains, Jacques Copeau, et... Henri Michaux fréquentèrent Colpach et correspondirent avec Aline Mayrisch.
Michaux exerça la fonction de pion à l'école agricole professionnelle de Schadeck, à Attert, dite «école Molitor «du nom de son fondateur. Il entra en service le 23 septembre 1923, bien décidé à rompre son contrat aussitôt qu'il le pourrait tant il s'ennuyait, «étant chargé d'enseigner des cours que j'ignore moi-même», écrit-il à son ami, le peintre et poète René Guiette. En effet celui que Maurice Blanchot appela «le dernier des écrivains» dut enseigner l'arithmétique! C'est après avoir bourlingué beaucoup de par le monde, Antilles, Espagne, Canaries, Amazonie, les Andes, voyages entrecoupés de retours vers Paris et la Belgique, que Michaux séjourna à Colpach au mois de juillet 1935. En 1936, il écrivit à son ami Jean Paulhan:» Connais-tu Colpach? ne crois-tu pas qu'il faudrait inviter Hitler ici? On le calme. On calme l'Europe et voilà le désarmement général enfin entrepris. Quelle paix!» Il reviendra en mai 1937, à Colpach, travailler, avec l'aide d'Aline, sur une étude des mystiques flamands et notamment Hadewijch d'Anvers. Aline fut vraiment son amie intime et sa mécène. Elle lui avait donné un surnom qui n'étonnera pas les lecteurs de Michaux, «Plume.»

Quelques années plus tard, dans le même établissement, l'«école Molitor» de Schadeck-Attert, et la même fonction, lui succéda Hubert Juin, et votre serviteur habita à cinquante mètres dans les années 1970… ! Aline Mayrisch écrivait elle aussi, excellente traductrice de l'allemand en français, et correspondante de plusieurs revues de Paris, dont la Nouvelle Revue française. Certes tous les lecteurs ne connaissent pas ces noms, je les invite donc à rechercher sur Internet ou ailleurs, le rôle que jouèrent la plupart de ces personnalités. Par plaisir.
Les époux Mayrisch léguèrent leur domaine à la Croix-Rouge du Grand-Duché et leur collection à l'État luxembourgeois.

Je me promenais le long de la Seine, un livre ancien sous le bras, la Seine était pareille à ma peine… ainsi qu'Apollinaire, oui, et fouillant parmi les livres des bouquinistes des quais, je tombai, le mot n'est pas exagéré, sur un opuscule minuscule, édité à La Lampe d'Aladin à Liège, en 1935, intitulé *L'Ardenne*, écrit par Paul Claudel. Un texte de trois pages dont j'excipe les extraits suivants :

J'ai moi-même parcouru il y a peu de temps ce pays qui m'est cher par le souvenir de deux poètes et qui est aussi un peu le mien. (…)
L'habitant de la plaine est en état de disponibilité universelle, il n'a pas de raisons d'être ici plutôt que là : sensible au vent, il est l'hôte d'une possibilité autour de lui circulaire. Mais l'autochtone d'un vieux pays comme l'Ardenne, et autant que je puis

m'en rendre compte, notre Plateau central, il est à l'intérieur de quelque chose d'aménagé, non pas un passage, mais une résidence, un cadre à lui antérieur qui lui impose acquiescement.(...)
Et tandis que ma voiture me faisait passer rapidement si j'envisage les premiers plans, et de plus en plus lentement si je m'attache à l'horizon, comme les doigts sur les cordes parallèles de cette longue harpe par terre que les Japonais appellent kôtô, il me semblait entendre le chant et le contrechant de ce pays peu à peu animé par le vol de mes quatre roues. Et le caractère principal me paraissait en être la continuité, la ligne, cette ligne onduleuse où Léonard de Vinci voit la signature même de la vie, l'ondulation mélodique indéfiniment reprise et soutenue, une phrase moins articulée qu'émanante. Il y a quelque chose autour de nous qui monte et descend comme une respiration. La proposition que propose l'enchaînement l'une à l'autre des collines qui se donnent la main, la courbe comme un hardi coup de brosse des forêts, celle plus claire et parfois toute rouge des essences caduques et celle d'un noir terrible des sapins l'accentue à traits vigoureux. Séparés par d'aigres pâturages, on voit les rangs l'un derrière l'autre du bois légendaire qui monte et finit par se confondre avec un ciel menaçant. L'aboi des chiens acharnés à leur quête, ce cor perdu là-bas qui répond à un autre cor étouffé, s'ils sont absents de ce paysage désert, ne le sont pas d'un roman intime que provoque au fond de nous cette réalité en fuite à notre portière.

Je suis certain que le poète devina à travers la vitre embrouillée de son automobile, le cheval à la crinière d'argent, et qu'il entendit son galop résonner dans ses oreilles...

Nous touchons au terme de notre voyage à travers les trois Ardennes, délaissant à dessein, le sujet serait trop large, ces villes fameuses qui conduisent aux trois Ardennes, Luxembourg, Liège, Namur, et Reims. Le même esprit hante les trois régions qui ne forment qu'un pays, celui de la forêt et du rêve, et pour le poète, celui de Bayard, et de la femme magicienne Mélusine. Ah! j'allais oublier la fée d'Ardenne, malheur sur moi! Voilà, le mal est réparé...
Jadis, un duc de Luxembourg désira l'épouser. Elle le prévint: «Je suis une fée, malheur à qui me possédera!»
Brûlé par l'amour, le duc ne vivait plus, il courut le risque et l'épousa non sans avoir dû promettre à son aimée qu'il la laisserait libre certaines nuits et qu'au grand jamais il ne tenterait lors de ces nuits, de pénétrer dans sa chambre. Par malheur, les nuits en question se multiplièrent, et son désir d'elle l'incendia davantage. Il n'y tint plus. Il alla à la chambre interdite, tenta de voir ce qui se tramait à l'intérieur en zieutant par la serrure, peine perdue! Alors il employa les grands moyens, à coups de hache, il fractura la porte, et que vit-il? Horreur! Son épouse nue, plus belle que jamais sous son épaisse chevelure rousse, nue dans sa cuvelle de bain, mais le bas de son corps était celui d'un serpent! À cet instant, le château comme

touché par la foudre, éclata, et le jeune duc en mourut. Mélusine avait prévenu son mari : « Si tu essayes de pénétrer dans la chambre interdite, la malédiction touchera notre descendance ! »
La famille de Luxembourg se prétend la descendante, non seulement de Jean l'Aveugle qui subit le mauvais sort prédit par son ancêtre, l'œil crevé et la mort sur le champ de bataille ; mais au-delà, l'héritière de Mélusine. Examinez avec attention les armoiries de Luxembourg : sur une fleur de lys qui couronne le lion du Duché, se dessine nettement une jeune femme nue à corps de serpent, se baignant dans une cuvelle !

De Bayard à Mélusine, la boucle est bouclée, nous en avons fait trois fois le tour et bu trois fois à la source sacrée ainsi que le conseillait Ronsard, vous sentez-vous mieux, et amoureux ? Attention ! l'Ardenne est un songe, certainement, mais les rêves conduisent les hommes...

Adieu rimailles et chansons
Adieu mes mots sulfuriques
Adieu jeune femme
Adieu ma vie
Si l'on m'enlève
Jusqu'à ton nom
Ardenne Ardenne
Ma litanie
(*Ardenne*, dans Gaïoules, 1975)

Les lieux

X comme x, soit l'inconnue, mais qui est-Il/Elle ? L'anonyme ? Le citoyen lambda, le cucugnanais de service, le passif, celui qui regarde, qui subit, qui encaisse, qui reçoit les infos tronquées, biaisées, fausses, celui qui consomme, celui à qui sont destinées les pubs pour endormir son cerveau, x comme le couillon, le con du souper de cons, le Belge type, qui comprend de travers, qui aime les blagues premier degré salaces, et les tartines au beurre et les carbonades flamandes, celui des « gaufres au sucre », qui va se faire rôtir le cuir à Salou, celui qui paie toujours, à chaque fois, celui qui n'a pas de passe-droits ni de relations, qui ne fait partie d'aucun service-club, celui qui boulotte chaque jour et encore durant la fin de semaine et qui met son compte bancaire en rouge à la fin du mois pour payer les dernières factures ou les fournitures scolaires des enfants ; celui qui bouffe trop sucré, trop gras, pas encore « training land », mais presque, non celui-là n'est pas l'inconnu, c'est vous, c'est moi, c'est tout le monde.

Et l'Y, le « XY », l'inconnu de l'inconnu, celui à qui il manque quelque chose selon la norme socio-économico-culturelle de la société ? C'est le demi-doux !

Les demi-doux. (Pour Louis Petit et en hommage au travail du Centre Lorrain d'hébergement pour adultes moins valides, qui habitent dans les maisons du village.)

Handicapés ? En Ardenne, on les appelle les « demi-doux », ce sont les simples des béatitudes, et ils sont béats en effet, du latin « beatus », soit des heureux. Ils vivent dans nos villages, avec leurs parents et grands-parents, et nul ne les remarque, chacun leur parle comme aux autres, ils sont, comme l'on dit aujourd'hui en langage politiquement correct, « intégrés ». Les demi-doux participent aux charmes de nos villages ; en général ils respirent la gaieté, et ils nous jasent des oiseaux, des fleurs, et ils chantent ou plutôt chantonnent des ritournelles dont les paroles d'eux seuls sont comprises. En outre, toujours prêts pour donner un coup de main, hacher le petit bois, porter, chercher, cueillir. Une bière ou une « dringuelle » de temps à autre en guise de merci aux demi-doux. À l'église ils préparent l'autel, arrangent les bancs, distribuent le bulletin paroissial et les faire-part de mariage, de naissance ou hélas ! d'enterrement. Pourquoi « placer » les demi-doux dans un établissement où ils dépériront ? Qui gênent-ils les demi-doux ? Au contraire, ils embellissent la vie de nos villages. Moi j'aime les demi-doux, peut-être parce que je participe de leur confrérie. Eux seuls détiennent la vérité. Générosité du cœur et âme rêveuse ! Ils ne s'intéressent pas au fric, au paraître, aux baraques à trois garages, aux grosses berlines et aux 4x4 qu'il faut acheter pour en mettre plein la vue, ni aux piscines qu'il faut absolument installer au milieu de la pelouse même si cela ne sert à rien. Ils vivent de l'air du temps, d'un peu d'affection, d'un zest de gentillesse, les demi-doux. Et ils comprennent tout, ils ne sont pas sots, ils ressentent la haine, le mépris, la peur, et la souffrance des hommes comme celle des animaux et même la douleur des plantes. J'en ai connu un qui chaque jour conversait avec les fleurs. Personne ne se moquait de lui, sauf les nouveaux venus dans le village. Les chats, les chiens les connaissent et les saluent, oui ! Ce sont leurs amis, ils se parlent à demi-mot, du bien-être ou du malaise du village. Jadis on les écoutait comme des oracles, mais à cette heure les demi-doux n'ont plus la cote. Performance oblige ! Être le meilleur ! Tous des médailles d'or et des surdoués ! Plus de place pour les demi-doux ! Au rancart les demi-doux ! À l'asile ! Et s'il vous plaît, au travail ces improductifs, ces parasites qui n'entrent pas dans les graphiques et les statistiques de la croissance ! Il y a toujours quelque chose à produire non ? Qu'ils lavent les sols, qu'ils essuient, qu'ils raclent, qu'ils bêchent, qu'ils piochent, mais mordieu, au nom du sacro-saint credo capitaliste, qu'ils produisent, qu'ils rapportent du flouze, et qu'ils cessent d'être à charge de la société!... Pauvres demi-doux! Pour vous des Centres d'hébergement où vous vous trouverez entre vous, entourés d'éducateurs, d'assistants sociaux et d'un psychologue. Ils vous apprendront même à faire de l'Art, de l'outsider art! Oh! ma foi, un demi-mal tant qu'on ne vous pique pas pour vous calmer, vous faire taire, vous endormir, qu'on ne vous entende plus, qu'on ne vous voie plus! Je vous aime, moi, les demi-doux de nos villages, et je vous dédie ce poème:

Viennent les gueux et les preux les errants
et les mendiants
Bivouaquer dans nos prés caresser le ventre
de nos totems
Nos cœurs sont à eux comme nos âmes sont
aux freux

O comme l'Ourthe

Ode à sainte Ode, déesse de l'Ourthe ! Ode aux eaux d'Ardenne, rus, rivières, sources ! Qui chantent dans les prés et se cachent dans les bois ! Ode à Odette, cette mazette qui m'inspira ma première amourette, après quatre heures… une petite bise claire s'est levée, elle souffle sur les poiriers et les pommiers, des corbeaux croassent, des buses crient, au-dessus des carrés blonds des blés, et sur la route qui sinue entre les prés, passent peu de voitures, les animaux au calme murmurent, tout le monde fait la sieste, le vieux Pépé-Crotchet ainsi qu'on nomme Arsène le grigou, ronfle comme un trombone à côté de Joséphine qui grince comme une fouine… mais tout le monde ne dort pas… la haie là-bas s'anime, derrière ses framboises rouges et ses épines. C'est Odette que je lutine. Oh ! Odette est presque nue sous ses fanfreluches mutines. Avec une branchette je caresse sa poitrine. C'est ainsi chaque dimanche depuis un mois, que je vois d'Odette sa peau si blanche, depuis que je l'ai rencontrée dans la pâtisserie de Martelange où elle travaille en retroussant ses manches sur ses bras soyeux comme une robe de mariée. Il n'y a que le vent qu'on entend derrière la haie quand Odette s'étend sur mon corps impatient, je caresse son ventre rond qui s'orne d'une fleur rose sur sa peau blanche. Plusieurs fois j'ai cueilli la rose d'Odette sans qu'elle me cause ni par la suite me décause. Oh ! la rose d'Odette, touffue comme un chaton, mignonne comme l'oisillon au nid. Odette aime que je donne à boire à sa rose, et après ce geste de charité, elle repose sur mon ventre, les jambes repliées, les seins étalés. Qu'elle est belle mon Odette ! Elle sourit, elle n'a pas froid, bien qu'elle soit maintenant dans le plus simple appareil, Odette.

Laissez-nous s'il vous plaît, ne vous approchez pas, passez votre chemin ! Sainte Ode protège notre amourette des jaloux. Bientôt, trop tôt, sonneront les cloches annonçant l'office du Salut, et Odette se lèvera, son jupon passera par-dessus ses épaules, sa petite culotte rose, gardienne de mon trésor, elle enjambera, et je poserai une bise sur chacun de ses tétons rouges comme des cerises, et elle partira, mon Odette, pour toujours ! C'est notre dernier rendez-vous ! Je suis trop jeune pour fréquenter une fille, j'étudie à l'université, et Odette ne peut pas attendre pendant des années un fiancé. Nous avons nagé dans l'Ourthe, d'amble. Nous nous séparons au bord de l'Ourthe, ensemble. Adieu Odette au cœur en fête, ma jolie amourette d'une adolescence chouette !

Des lieux et des saints

Il existait autrefois en Ardenne des lieux singuliers ou plutôt habités pour ne pas dire hantés. Le fait paraît étrange à notre époque où tout, chaque pierre, chaque arbre, chaque mur, chaque cabane, n'importe où, du fin fond de l'Andalousie aux tréfonds des Alpes, a été inventorié, situé, photographié, voire étudié. Nous vivons à l'ère de l'internet, du Gps, de Galiléo, et là-haut, les satellites mitraillent chaque mètre carré de notre terre. Ce qui vaut pour l'espace, vaut aussi pour les personnes, toutes nos conversations sur la toile ou au téléphone sont enregistrées par des services secrets situés on ne sait où, tel Echelon, et notre identité est codée dans des dizaines de cartes à puce.
En un temps de tourisme de masse, qu'apprendre encore des châteaux de Bouillon ou de La Roche sinon par l'histoire, de l'abbatiale de Saint-Hubert, et même du lieu préhistorique de Wéris ? Apparemment le mystère s'est évaporé. La Pierre Haina, naguère blanchie chaque année aux solstices, a perdu de

son mystère. Les touristes admirent des cailloux, misère ! Ne demeurent que des lieux inertes, sans âme, de passage que des routes et des autoroutes traversent, côtoient, détruisent au même titre que les « zonings » industriels ou commerciaux, et que dire de ces horribles alignements de boutiques géantes, aux pancartes multicolores et criardes qui encombrent chaque entrée et chaque sortie du moindre patelin. Les lieux vidés de leur identité, fixés sur la carte Michelin, devenus des points sur les itinéraires des gens pressés. L'espace dépoétisé. Or qu'attend-on de régions comme l'Ardenne ou ses parentes l'Auvergne, les Cévennes, la Bretagne, sinon le dépaysement à défaut de poésie, d'enchantement ou de magie ? Certes la connaissance de l'histoire nous aide à resacraliser les lieux banalisés, mais au-delà ? et qui s'intéresse à l'histoire ? Pour redonner vie à ces lieux, étudions d'abord leur nom qui a traversé l'histoire et qui souvent remonte à la préhistoire. Bastogne par exemple, ou Arlon. Dans Bastogne, vous trouvez la racine celtique *bast* qui se trouve dans « bastille, bastide, bastion », et désigne donc un lieu fortifié, un petit oppidum chez les Celtes. Arlon ? L'étymologie est discutée. Peut-être le nom désigne-t-il par le « or » du celte latinisé *orolaunum*, une source (« origine »), la source de la Semois, le *launum* signifiant la plaine, on retrouve cet étymon dans *Mediolaunum*, ou « au milieu de la plaine », qui a donné Milan. Le nom de l'Ardenne est sans doute aussi d'origine celtique, le *ar* signifiant le lieu, la terre, et le *duenn*, la forêt ; terre de forêt ainsi qu'Armor est terre de mer, cet autre nom de la Bretagne en breton. Mon propos n'est pas de dresser ici une liste des toponymes de l'Ardenne bien que les sonorités de tous ces noms de lieu puissent composer une musique ou décliner un poème qui en vaut bien d'autres, comme j'en composai naguère…

Ce long préambule pour poser la question essentielle : existe-t-il encore des lieux « habités » en Ardenne ? Je le crois, et j'en évoque l'un ou l'autre, au hasard de mes intérêts.
Dont le site singulier qui me vit assister à un sacrifice horrible.
À Beho, près de Gouvy, se visite une église mignonne, au porche travaillé et à l'autel polychrome, qui abrite trois vierges, Beho se situant non loin de la villette de Troisvierges au grand-duché de Luxembourg. Comment ne pas y reconnaître les trois déesses celtiques que l'on trouve en Bretagne, en Irlande et en Galice ? Et les rochers des Quatre Fils Aymon à Château-Regnault, dans les Ardennes françaises, nos sœurs ? Au vrai plusieurs livres furent écrits sur les lieux magiques de l'Ardenne, et à propos de ses figures légendaires, la *Dea Ardwenna* par exemple, déesse montée sur un sanglier, ou les pierres à quatre dieux gallo-romaines retrouvées à Amberloup et Arlon entre autres, qui servirent de base cachée à beaucoup d'autels de nos églises actuelles, et combien encore ? Mon propos n'est pas de réécrire ici un guide touristique. Toutefois j'en reviens aux lieux habités qui subsistent en Ardenne. Mais où ? insisterez-vous. Je réponds :

nulle part. Marchez au hasard, dans les campagnes, dans la forêt, et laissez-vous pénétrer par les bruits ou le silence, laissez-vous habiter par le vent qui tantôt fouette votre peau, tantôt caresse votre visage, adoptez l'attitude du *René* de Chateaubriand, laissez-vous enivrer par les odeurs, fleurs, troncs d'arbres, feuillages, humus, herbages, sphaignes ; de mouillé, de sec, de parfumé, de pourri, de fumé, de doux, de mielleux... à cet instant et seulement à cet instant, vous sentirez au-dedans de vous, le lieu habité, et hanté parfois. La Pierre Haina de Wéris vous parlera des druides, la stèle du cavalier à l'anguipède (ou pierre à quatre dieux), du dragon et de la déesse mère aux trois noms et aux trois visages, mère de Mélusine l'enchanteresse, elle-même fille de Morgane, et petite-fille d'Anne, la grande déesse mère et terre. L'Ardenne est une terre qui se parcourt à pied ou à vélo, qui se sent et se hume, par les sens et le mouvement. Si vous vous contentez de la traverser en automobile, vous n'y verrez rien, rien d'autre qu'ailleurs, des paysages, des lieux touristiques, rien d'enchanteur ni de magique. Ses saints, Hubert, Monon, Plectrude, ne s'adresseront pas à vous, saints et saintes véritables de l'époque carolingienne ou avatars chrétiens de dieux celtiques et germaniques. À la source de Sainte-Ode, autrement dite sainte Ourthe, près de Lavacherie, déesse mère, déesse de vie, vous ne boirez que de l'eau, et pas le philtre d'amour promis par la déesse à ses fervents adorateurs. Y fut trouvée une figurine de l'époque celtique de

La Tène, conservée au musée Curtius de Liège. Autrement dit, vous devez être disposé à entendre, voir, sentir, goûter. Rien de plus difficile à notre époque que cette ouverture calme du corps et de l'esprit. Le corps, j'insiste. Le lieu doit marquer votre corps comme le druide signa ma main. Les livres certes vous guideront mais ils ne suffisent pas à la connaissance intime, la connaissance par le cœur. Seul le corps apprend profondément, et se souvient à jamais. L'écrire ne sert finalement à rien, il s'agit de vivre. Connaît-on la naissance, l'amour, la mort, la souffrance mieux que par le corps ? Il ne paraît pas.

Ainsi de cet étrange aveu que me fit il n'y a guère un ami collectionneur d'art qui fréquente habituellement ma galerie – ah oui ? Adamek lui le sait, vous pas ! de mon métier je suis galeriste, c'est-à-dire que j'organise des expositions d'œuvres d'art d'artistes dont l'inspiration me plaît et ma galerie se situe, vous l'auriez deviné, en Ardenne, au cœur de la forêt d'Anlier pour résumer, mais fermons cette parenthèse.
L'histoire que je vais vous raconter a trait aux lieux habités et aussi à l'art, ma profession, car il en est des œuvres d'art comme des lieux, certaines pièces ne sont pas qu'elles-mêmes, elles recèlent un secret, et exhalent une aura qu'il est difficile d'analyser, et pourtant, ce que j'adore analyser, disséquer une œuvre d'art jusqu'à sa moelle, du cadre, à la technique, au support, à la composition, au dessin, aux jeux des couleurs ! Mais certaines pièces, rarissimes il est vrai, résistent

à l'intelligence, inexplicablement. Parfois elles furent créées par des artistes reconnus et célèbres, et parfois par de parfaits inconnus, et à propos de celle dont il sera question dans cette histoire, je m'interroge : fut-elle peinte par un homme ? Mais j'en viens à mon ami.

C'est un homme enveloppé, presque gras, amateur de cigares, qui habitait une grande maison que je trouvais sinistre, à l'orée de la forêt. Il l'avait achetée sur un coup de tête à un vieux châtelain atteint d'un cancer incurable, sans enfants. À cette époque, personne d'autre que lui n'aurait acheté cette vaste maison sombre. À dix lieues de tout. Des légendes couraient à son propos, et lorsque, jadis, le châtelain demanda à un couvreur de travailler sur le toit, le couvreur refusa. On disait qu'on y avait pendu et torturé des sorcières avant de les brûler dans le jardin. Un ancêtre de ce châtelain aimait cramer les sorcières, paraît-il. Ou peut-être était-il lui-même, un « macré », un sorcier ? Mon ami, en entendant ces bobards, rit de bon cœur. Les contes fantastiques à consonances historiques, l'avaient toujours amusé. Ce fut pour lui, une raison supplémentaire, d'acheter ce castel.
La demeure entière était lugubre, et voici la magie des lieux, non seulement parce qu'elle était vaste, trois étages, et bâtie à l'ancienne mode, style fin du XIXe siècle, en pierres de schiste du pays, d'un gris sombre et malvenant, mais parce que tous les étages communiquaient par un escalier monumental montant en spirale au centre de la maison et qui vous sautait au visage dès que vous

franchissiez le seuil d'entrée. À chaque palier, de longs corridors qui se perdaient quelque part dans les coins et les recoins. Lorsque j'en longeais les détours, il me semblait que je n'arriverais nulle part mais mon ami s'y retrouvait ; dame ! il vivait dans cette demeure depuis des années, et pour rien au monde, il ne l'aurait vendue à un promoteur, et pourtant, retournement des mentalités !, les offres ne manquèrent pas depuis quelques années, depuis que la mode des hôtels et des restaurants de luxe à la campagne se répandit : située à la lisière de la forêt, quel palace et restaurant de grande classe elle aurait fait, il fallait juste trouer quelques murs pour faire entrer dans cette nuit, de la lumière ! Mais de cela, mon ami n'en voulait pas ! Vous connaissez aussi de ces personnages bizarres qui restent attachés envers et contre tout aux décors de leur passé, aux vieux divans, aux meubles branlants, presque à la poussière qui suinte des plafonds ! Autre caractéristique : un étage, le premier, était nu, rien, pas de lambris, de boiseries, de sculptures, de peintures, une désolation à donner le frisson. Là logeait son étrange domestique. Les murs du second étage, au contraire, étaient couverts des pièces de la collection de mon ami dont certaines provenant de ma galerie, mais des œuvres d'art singulières, sombres comme les Spilliaert du début du XXe siècle, ou comme des Redon de la période noire, ou dégoulinantes d'huiles épaisses comme celles d'un artiste brut, plus inquiétantes encore que ses masques africains qui vous surprenaient à tel recoin de l'étage. Aucun visiteur n'aimait s'attarder à cet étage. Le troisième étage, plus clair, s'ornait d'œuvres colorées, criardes, joyeuses, des Cobra, des Miro, un festival de tons optimistes mais toutefois agressifs et presque hystériques, qui vous coinçaient les nerfs et vous donnaient l'envie de hurler comme un singe.

Mon ami, malgré des publicités répétées, ne trouva nulle femme de chambre, nul valet pour s'occuper de sa demeure, sauf un malheureux orphelin qu'il recueillit on ne savait où, un SDF sans doute, de race blanche et cependant presque noir de peau tant il était chevelu, barbu et velu. Pour moi, il ressemblait à un vampire, continuellement l'air furieux, et qui déplaçait dans un silence anormal sa noire silhouette sur les parquets.

En dépit de ces mauvais augures, mon ami adorait cette maison, son calme extrême, peu de visites, et pour cause, les visiteurs forcés d'y entrer, boulangers, bouchers, épiciers, se dépêchaient d'en sortir, oppressés par la sinistre atmosphère du lieu. L'hiver, elle disparaissait dans le blanc, et plus personne ne s'y rendait. C'est la saison que mon ami misanthrope préférait pour s'adonner à son sport favori, de longues randonnées sur la neige gelée, et l'observation des animaux sauvages. Pendant des années, il avait tenté d'apercevoir le chat sauvage, et le jour, un 16 janvier, qu'il vit un de ces magnifiques animaux secrets, il me téléphona, lui qui ne me téléphonait jamais.

« Une longueur de près d'un mètre, un pelage gris brunâtre, la joue traversée de deux barres noires,

des vibrisses blanches, le museau fauve, les yeux jaunes. Une ligne médiane noire sur le dos qui rejoint le bas de la queue très touffue... »
J'eus droit à une description détaillée de l'animal.
« Il affûtait un ramier... »
Par la suite, le silence radio pendant deux ans jusqu'à ce coup de fil étrange, un matin d'hiver : il m'invitait à un de ses concerts nocturnes dans sa sinistre demeure... Une appréhension me saisit, je n'en tins pas compte et j'acceptai. Je désirais en effet revoir l'œuvre qu'il m'avait achetée..

Il m'avait acheté une lithographie vraiment singulière d'un artiste inconnu mais « peu importe ! », me dit-il, « je laisse parler mon cœur ! » Et son valet poilu de mettre illico le cadre sous son bras sans attendre que je l'emballe. Il l'accrocha au second étage.
Il m'avoua qu'il la contemplait souvent, vautré dans un fauteuil, les pieds posés sur un petit tabouret, le col de la chemise ouvert. Oui, il passait de longs moments à l'admirer à travers la fumée bleue de son cigare. De loin, on ne voyait qu'une tache noire, plus près le sujet se précisait : une lande désolée au cœur de la nuit ; au premier plan, des sapins fantomatiques, puis des feuillus en arrière-plan, d'une taille gigantesque, aux branches rabougries pareilles à des moignons humains, sous une traînée de nuages dans un ciel qui annonçait une catastrophe ; cette lande se perdait dans des fonds imprécis, et on aurait dit qu'un vent violent balafrait la scène, boutant

une pluie farouche qui balayait la plaine pareille à une tombe immense.
Au pied du sapin de l'avant-plan, un homme debout, drapé d'un manteau noir qui flottait à la bourrasque. Le visage de cet homme était indéfini, partiellement obscurci par un pan de son manteau funèbre. Rien d'autre. Certes pas un chef-d'œuvre de l'estampe, mais exhalant une atmosphère surnaturelle qui envoûtait.
Devant cette lithographie, en hiver, alors que dehors la bise sifflait sur une neige glaciale, il aimait s'asseoir au piano et jouer des airs de compositeurs nordiques, toujours sombres, ou parfois il écoutait la *Symphonie fantastique* de Berlioz. C'était un merveilleux pianiste, ancien premier prix au conservatoire de Liège. Il me faisait l'honneur d'assister à l'un de ses concerts solitaires, une nuit durant, la séance serait inoubliable. Des accords remplis d'angoisse, des aubes spectrales surgissant des ténèbres, des ululements de loups, des luttes farouches et des accents de douleur, comme si des âmes tourmentées cherchaient leur lieu de repos, tel fut son concert qui inaugura notre soirée. Cette nuit-là, il me demanda pendant une pause qui lui permettait d'allumer un autre havane.
— «Croyez-vous aux lieux hantés?
Je répondis spontanément et sans doute trop vite à la mesure de ce que je sais maintenant:
«Pas du tout! Et vous?...»
Il se tut, alluma son cigare et pouffa, une fumée à l'odeur humide.
«Et aux âmes errantes?» continua-t-il.

«Alors là, pas plus!»
Il improvisa. Des vagues sonores sortaient de ses doigts, des hordes d'animaux hirsutes dont la sarabande aurait médusé n'importe qui. Moi qui ne suis point musicien, j'étais heureux d'écouter cette musique sauvage et de le regarder se battre littéralement, avec son instrument ainsi qu'il affronterait des êtres invisibles à mes yeux mais que, lui, j'en suis certain, voyait.
Lors de la pause suivante, il faisait nuit d'encre dehors, et les flammes de son feu ouvert se jetaient en se tordant comme des êtres torturés sur les murs.
Il ajouta: «J'ai vécu un événement étrange que je veux vous raconter, et c'est en partie pour cela que je vous ai invité, mon ami. Vous souvenez-vous de cette lithographie?»
— Et comment! répondis-je. J'ai plaisir à la revoir et à l'admirer. Au fond, je comprends pourquoi vous l'aimez tant: la scène représentée ressemble au paysage que vous avez sous les yeux au long de l'hiver.
— Vous avez parfaitement raison. Mais écoutez… Cette nuit-là, après mon piano, comme il arrive chaque nuit, mon cigare arrivé au bout me brûlait les lèvres. J'ouvris la fenêtre devant laquelle vous êtes assis maintenant, le jetai, et regardai où il tombait. Un jet d'étincelles lorsqu'il toucha le sol, puis il roula vers le bas de la pelouse. Dans l'éclair, il me sembla que les arbres du jardin s'animaient anormalement, comme si quelqu'un secouait leurs branches. Je décidai de descendre

me dégourdir les jambes, un moyen efficace pour trouver le sommeil ensuite.
J'allumai un autre havane, m'engageai dans les longs couloirs, descendis l'escalier en spirale, me dirigeai vers la porte d'entrée. Dans le jardin, je ne voyais goutte. Les fleurs, les arbres avaient perdu toute forme. Et une sensation bizarre me saisit : d'être à la fois seul et en compagnie. Et pourtant l'unique bruit de mes pas étouffés sur le sol moussu rompait le silence du jardin. Aimez-vous inhaler les odeurs de la forêt en hiver ? Indescriptible, prenant, revigorant. Je respirais aussi profondément que je le pouvais cette merveille de la nature offerte par l'Ardenne. Mais le froid pinçait mes joues, je me devais de ne pas m'attarder, le gel ici, vous le connaissez comme moi, est traître. Je rebroussai chemin vers le castel. Lorsqu'une voix provenant de l'ombre opaque murmura, je ne fus pas étonné.
— Vous aimez le feu et la fumée, Monsieur ?
Quelqu'un s'avançait dans ma direction. Je tendis vers lui mon cigare comme pour me protéger et l'éloigner, ainsi que jadis, les paysans armés de torches faisaient reculer les loups.
Je crus voir un long visage pâle, aux cheveux emmêlés, une femme peut-être... à la lumière faiblarde de mon cigare, mais celle-ci fut si brève que je me demandai si je ne rêvais pas.

Sur ces paroles, il tira sur son havane, et pouffa, avant de reprendre son récit.

— Pourquoi sortez-vous si tard ? reprit la voix.

— Cela m'arrive souvent, j'aime me dégourdir les jambes en pleine nuit.
— Vous habitez ici?
— Ben oui, c'est ma maison.
— Maison étrange, maison maudite!
— Non, je la trouve sereine, calme.
— Vous changerez d'avis.

À cet instant, l'ombre posa sur mon bras un doigt blanc comme un os, et j'eus la sensation qu'il pénétrait dans ma chair, comme un poinçon.

— Savez-vous qui habite cette maison, Monsieur?
— Moi pardi! Qui d'autre?
— Non, pas vous! Lui!
— Qui lui?
— Le vampire.
— Allons donc! Le tueur de sorcières?
— N'avez-vous jamais entendu, au cœur de la nuit, des pas assourdis glisser dans les couloirs, et des mains furtives tourner la poignée de la porte de votre chambre?
— C'est mon domestique. Il marche en silence sur le parquet.
— C'est lui!
— Vous vous moquez? Je le connais depuis que j'ai acheté cette maison. Il est un peu muet sûrement, mais quelle civilité, quel service! je vous le recommande. Mais vous, qui êtes-vous? osai-je demander, car cette personne m'avait agacé en accusant mon valet.
— Je suis une des leurs!

— Une des sorcières brûlées par l'antique propriétaire de cette maison?
— Exact, dit la voix. Mais non pas brûlées, complices et compagnes de notre maître!
— Vous mentez, vous êtes un rôdeur, ou un mec payé par un promoteur qui désire me voir quitter cette maison et la vendre!

J'étais énervé à éprouver des spasmes, et sous l'emprise de la colère, je me précipitai vers l'ombre, mais mes poings ne frappèrent que du vide, je tombai par terre, et un sifflement aigu retentit suivi d'un chuintement comme si une fusée filait en l'air, et je sentis instinctivement que je me retrouvais seul. Je courus à travers le jardin, vers la porte d'entrée de ma maison. L'impression qu'un malheur était suspendu comme une épée de Damoclès au-dessus de ma tête, me poussait à rejoindre le plus vite possible mon second étage. Les massifs de fleurs fanées se dressaient devant moi comme s'ils me barraient la route, les branches des arbres me retenaient comme des mains crochues de squelettes, et le bruit de mes pas paraissait se doubler d'autres bruits comme si les sorcières me poursuivaient. J'atteignis enfin le perron, montai les marches quatre à quatre, des bruits sourds, mon cœur qui battait la chamade. Je m'appuyai contre la porte pour reprendre haleine, ouvris la porte, traversai le vestibule, m'engageai dans l'escalier, montai, montai... le premier étage, je montais encore, et encore... je ne parvenais pas à quitter ce premier étage aux murs nus.

Ensuite je crus m'engager dans un couloir que je ne reconnus pas, j'entrevis une porte, m'appuyai dessus de tout mon poids, elle céda. C'était enfin ma pièce au piano, mais pourquoi n'avais-je pas vu les peintures et les sculptures qui décoraient cet étage?
Le feu de la cheminée éclairait toute la pièce, vivement, mais ce que je voyais autour de la table n'était ni mon fauteuil ni le piano...

Je l'interrompis car le débit de sa voix saccadée et les tremblements qui s'étaient emparés de son corps, de plus en plus violents quand il s'engageait dans son récit, me firent craindre qu'il ne fût saisi d'un accident cardiaque.

— Calmez-vous, lui dis-je. Vous aviez fait un cauchemar, c'est simple. Et il y a de quoi cauchemarder en habitant cette maison lugubre, isolée, en plein hiver.
— Ne dites pas de bêtises! cria-t-il, au comble de l'excitation. Croyez-moi! Autour de la table, trois femmes, belles, parées de robes aux couleurs jamais vues, la taille ronde, les yeux noirs et languissants, des lèvres pleines et sensuelles. L'une d'elles s'approcha de moi, me prit par la main, m'approcha de la table et me tendit une coupe de vin.
— Il faut que tu boives! dit-elle.
— Sorcière! répondis-je, je ne veux pas boire votre philtre!

Un rire éclata, brutal, strident. Un homme masqué d'un loup, vêtu d'une cape noire qui voilait la moitié de son visage, me tendait la coupe de vin, d'une main si velue que l'on aurait dit la patte d'un loup.

— Sortez! hurlai-je. Sortez tous! Vous êtes chez moi!
— Chez toi! répondirent-ils tous en chœur, et ils ricanaient.

Ah! mon ami, excusez-moi… , souffla-t-il, épuisé par la surexcitation extrême qui s'était emparée de lui, évoquer ces horreurs ébranle mes nerfs, je ne puis rester…

— Étendez-vous, dis-je, dans le fauteuil, à votre aise…

Je l'installai. Il se passait la main sur le front comme pour chasser ses terribles visions, il transpirait, il suffoquait, il me pria de diminuer les flammes de l'âtre en désactionnant le soufflet mécanique.

— Vous l'avez compris, je suppose, reprit-il, l'homme masqué n'était autre que lui!

Son bras tendu désigna la lithographie et l'homme dressé sous le sapin géant.

— Avez-vous bu du philtre que les femmes vous proposaient? demandai-je.
— Enfin vous me croyez. Oui! j'avalai une gorgée et l'effet de l'élixir fut immédiat. La scène de la lithographie devint réalité, les branches des arbres s'agitèrent sous le souffle d'une tempête, la pluie furieuse croula sur ma maison, et pendant que

dura cette tourmente, l'homme au visage masqué rit, rit, à glacer le sang. Puis il se dirigea vers mon piano, souleva le couvercle, se dégagea de sa pèlerine macabre, et se mit à jouer. Effectivement, par son abondante chevelure noire, ses longs sourcils, sa barbe qui mangeait son visage, il ressemblait comme un frère à mon valet, mais cela je ne pouvais l'admettre sous peine d'admettre que cette scène continuait ma vie antérieure, qu'elle était inscrite dans la même réalité quotidienne. Il entama sur l'instrument ce qui me parut être une symphonie de souvenirs, d'une souffrance qui m'étreignit atrocement au point que je ressentis par tout mon corps les brûlures des flammes du bûcher, et dans mes poumons une lente asphyxie qui m'est d'ailleurs demeurée, vous l'avez sûrement constaté, je peine à respirer. Une nuit noire, une forêt glacée, une pluie froide, bref la mise en musique de la lithographie, et des cris de corbeaux annonciateurs de mort… et durant cette écoute, l'une des femmes avait enroulé ses bras blancs et souples, autour de mon cou, qu'ils caressaient et frôlaient avec une telle dextérité, une telle sensualité que j'éprouvai un plaisir et un désir sexuel intense. Les vibrations de la musique moururent quand j'étreignis cette femme au paroxysme de l'excitation et la dernière note sonna l'éjaculation. J'entendis qu'elle murmurait à mon oreille à cet instant précis : « Sois des nôtres ! » Je répondis, soulevé par l'orgasme : « Je le suis ! » ; mais cela ne dura que quelques secondes, tout à coup ma vue se troubla, une force invisible me prenait par les épaules et me poussait dehors, vers la porte, et un jardin enneigé. J'appelai à l'aide, j'implorai la pitié de l'homme au masque, mais il continuait à ricaner dans mon dos, et lorsque j'atteignis en chancelant le seuil, les accords du piano devinrent triomphants, et la porte de ma demeure se referma derrière moi, sur cette vision de l'escalier en vrille, et de ma pièce au piano. Tout s'éteignit alors dans mon esprit, vue, ouïe, sensations, mes muscles se paralysèrent...

— Et vous vous êtes retrouvé à l'hôpital de Libramont, à moitié gelé... Cela, je le sais, dis-je, mais je ne connaissais pas la cause de cet accident.

— Vous me croyez donc? me dit-il d'un ton suppliant.

— Pourquoi non? répondis-je, autant pour le rassurer que pour me rassurer moi-même.

— Lorsque je rentrai dans ma demeure, rien apparemment n'avait changé, mon valet m'attendait, c'est lui qui m'avait sauvé d'une mort certaine d'hypothermie; la lithographie, vous la voyez, toujours la même, au même endroit, ainsi que le piano.

— Rien donc ne s'est modifié dans votre vie, dis-je. Qu'en concluez- vous?

— Ma foi, je dois me rendre à l'évidence, une expérience unique due à je ne sais quelles forces surhumaines...

— Les âmes errantes des sorcières qui réclamaient vengeance peut-être.

— Peut-être...

Son valet était derrière nous, je ne l'avais ni vu ni entendu, il nous servait à chacun une coupe de vin. J'hésitai à la prendre.

— Vous ne buvez pas? s'étonna mon ami. C'est la coupe que la sorcière me tendit.

Blaguait-il ou disait-il vrai? Un rire nerveux me secoua. Je riais de ma frayeur.

— Tchin!

Et je bus le vin rouge de la coupe.

— Je me sens mieux, dis-je. Votre vin est fameux, Château Pétrus, Clos Vougeot?
— Ni l'un ni l'autre, répondit-il un sourire sardonique aux lèvres... le vin de la sorcière comme je suis le descendant de ce sire que vous regardez là, sur l'estampe.

Ah! décidément, ce soir, mon ami adorait l'humour non pas noir mais sinistre!
— Au moins, cette expérience, ou plutôt cette vision, vous a légué, mon ami, un sens particulier de l'humour noir.
— Ne croyez pas cela, je dis la vérité.
— Mais enfin, je vous connais depuis des lustres, jamais vous n'avez fait allusion à cette ascendance...
— Parce que je l'ignorais...
— Tiens donc!...
— Mais oui... depuis cette fameuse nuit, je me suis attelé à des recherches généalogiques, et le résultat est renversant...

— C'est-à-dire?
— C'est-à-dire que je suis le descendant en ligne directe du Seigneur de Les Fossés, baron en titre, louvetier de cette forêt il y a cinq cents ans, partisan du roi de France Louis XI sous les Bourguignons, et grand chasseur de sorciers et de sorcières à moins qu'il ne fût sorcier lui-même car il existe quelque part un grimoire qui attesterait que ce seigneur pratiquait l'alchimie et recherchait ainsi que tout bon alchimiste qui se respectait en ce temps-là...
— Le grand œuvre, la transformation du vil métal en or!... m'exclamai-je. C'est incroyable!...
— ... qu'en dites-vous?
— Vous m'entraînez de surprise en surprise... mais cette demeure ne date pas de cette époque...
— Elle fut construite sur un ancien château féodal, lui-même dressé sur un oppidum celtique. Peut-être mon ascendance remonte-t-elle jusque-là?
— Pourquoi pas? Félicitations! Vous me servez un autre verre de cet élixir magique pour fêter la nouvelle?
— Et comment donc!

Et nous bûmes, et rîmes et conversâmes toute la nuit. Sur son piano, il joua une musique sublime, à transporter vers les nues, ou plutôt dans les steppes, une sorte de *Danse du sabre* ou de *Nuit sur le mont Chauve*. Une suite d'étincelles qu'une lame d'acier tirerait du silex! Les fifres de ruisseaux d'argent zigzaguant par la forêt d'Anlier! Des fracas de cymbales perpétués par des marches, et brutalement un long chant de basse comme si nous nous endormions dans un palais bleuté…

L'aube pointait quand le valet me reconduisit à travers le dédale de couloirs vers l'escalier en vrille, et l'étage désolé et froid. Dès que je descendis dans le jardin, je m'arrêtai au milieu des sapins et pensai à l'homme de la lithographie, seul, au milieu de grands hêtres souquant sous l'orage. Je me retournai pour dire adieu à mon étrange ami qui devait se tenir à la fenêtre et peut-être se réjouir du bon tour qu'il m'avait joué en racontant ce conte effrayant.

Ce n'est pas lui que je vis à la fenêtre mais un homme semblable à son valet, vêtu de sa cape funèbre, les cheveux noirs en désordre, qui agitait une main velue comme la patte d'un loup, et dont la bouche entrouverte découvrait les dents pointues d'un chat sauvage…

La veillée

Autrefois, oh ! il y a longtemps, plus de soixante ans au moins, à une époque où n'existaient ni Internet ni même la télévision, les gens du hameau se réunissaient certains soirs, surtout en hiver quand il faisait glacial et venteux, autour de la cheminée où brûlaient quelques grosses bûches de hêtre. Ils éteignaient les lampes lorsqu'ils avaient l'électricité, disposaient les chaises les unes à côté des autres, et le fauteuil du grand-père au centre ; ils se serraient les uns contre les autres, les enfants et les vieilles se couvraient les genoux d'une couverture pour avoir bien chaud, et tous ils regardaient d'abord le feu naître, les flammes s'élever dans l'âtre, rouges et jaunes dans le noir de la grande pièce. Je ne fais pas de style ici, je vous raconte la scène telle que je la vécus, car dans mon enfance, j'eus cette chance d'assister à une veillée, j'avais six ans, je crois, et je me souviens de cette soirée comme si c'était hier.
Et pourtant c'est loin d'aujourd'hui que je n'ai plus de cheveux. Mais cette veillée brûle encore le bois

de mes souvenirs comme la flamme qui incendiait les bûches de l'âtre. Tous nous attendions que le grand-père parlât. Cependant, il devait bourrer sa pipe de tabac de la Semois, et cette action durait et nous énervait, moi et ma petite voisine Chantal dont j'avais le béguin. Il massait la pipe de ses gros doigts noircis par les écorces, les bâtons, les terres, les fumées, appuyait du pouce sur le tabac, allumait une chète (un morceau de bois) à la flamme de l'âtre, tirait sur la pipe, une fois, deux fois, trois fois, Chantal et moi nous aspirions avec lui à nous creuser les joues, impatients que nous étions d'entendre les histoires de l'aïeul, car la grand-mère nous avait prévenus, ce soir le grand-père conterait des histoires de «dans le temps». Enfin une fumerolle se tordit au-dessus du foyer de sa pipe, il pouffa, il toussa, il souffla. L'odeur du tabac emplit la pièce, et chatouilla sournoisement nos narines, au point que Chantal éternua si fort que la grand-mère crut qu'elle avait attrapé le rhume, mais non, mémé, c'est à cause du tabac...

«Ça se passe dans le village de mon enfance, commença le grand-père, un hameau si petit qu'aucune carte géographique ne le signale, du côté de la Baraque de Fraiture...

— La Baraque Fraiture où il y a des fritures? l'interrompis-je.
— Tais-toi, gamin, gronda la grand-mère, sinon le grand-père ne racontera rien...

Par chance, le grand-père avait profité de cette interruption pour tirer un coup sur sa pipe, reprendre souffle et continuer le conte… ah ! je m'y revois, les cheveux coupés à la brosse, les culottes courtes, un pull-over vert et blanc au col en v, de grosses bottines de cuir à la semelle armée de clous ainsi qu'en portaient tous les garnements de l'époque. L'extrémité du banc où nous étions assis, Chantal et moi, me coupait les fesses. Nous nous calfeutrions sur le coin de la cheminée, résultat : un côté du corps brûlait et l'autre grelottait, heureusement que la couverture de la grand-mère nous tenait bien au chaud mais quand même !… ma voisine, une vieille, non pas si vieille que la grand-mère, une vieille pour mon âge, me repoussait à coups de coude lorsque je me penchais dans la direction du grand-père pour mieux l'écouter ; peut-être craignait-elle que je ne lui refile mes poux ? De trois quarts au feu, les flammes éclairaient le visage ridé du grand-père, et surtout ses yeux qui étincelaient comme les braises, le grand-père parla donc sans répit d'une voix, comment dire, pareille à un moyeu rouillé, et d'un accent wallon plus que prononcé, mariant d'ailleurs son français au wallon au point que nous, les enfants, nous ne comprenions pas tout, et surtout nous ne goûtions pas les nuances de la langue wallonne, seules ses sonorités tantôt rudes, tantôt douces, ses « tch », ses « dj » comme dans tchestè pour dire château ou « dju » pour dessous, me restent dans la mémoire et je ne les oublierai jamais. De temps à autre, il actionnait le soufflet sur les flammes du foyer qui disparaissaient une seconde avant qu'un grand jet de lumière nous éclairât comme une lueur d'enfer... Je me souviens aussi que nous nous serrions tous les uns contre les autres parce que nous ne demandions qu'à avoir peur, sauf le grand Juseret, maigre comme un crucifix, qui, à chaque histoire, opposait un rire goguenard qui augmentait notre peur car ces rires moqueurs nous faisaient craindre le pire de la part de grand-père qui aurait été capable, nous en étions certains, de faire apparaître dans le feu de la cheminée, revenants, macrales et loups-garous. Et c'est sans doute parce que ces rires l'agaçaient, que le grand-père raconta, ce soir-là, cette aventure qui lui était arrivée dans son jeune temps[1].

Il commença par des histoires de brigands comme celle du Sanglier des Ardennes, Erard de la Marck, qui rançonnait les voyageurs de Liège à Luxembourg et dont un descendant devint prince-évêque de Liège. Cette histoire servit d'introduction à d'autres contes de plus en plus noirs, de trafiquants, de malandrins, dont celui de Magonette et de ses acolytes, et autres détrousseurs de bourses.

1. Le peuple voyait des macrales parmi les pauvresses laides et vieilles et isolées qui habitaient au bout des villages, une masure croulante, délabrée et malpropre, loin de toute source ou cours d'eau. Leurs jardins étaient à l'abandon et y croissaient chardons, ronces et plantes enchevêtrées. Il lui prêtait des pouvoirs bénéfiques pour guérir ou maléfiques pour ensorceler. Elles étaient craintes et écoutées. Mais en d'autres temps, on les brûla. Voir le chapitre «Inspiration».

Et moi, malgré les coups de coude de ma voisine, je me serrais contre Chantal autant qu'elle se serrait contre moi. J'aurais pu, galopin, en profiter, lui glisser une baise dans le cou, mais j'avais la gorge nouée par l'intérêt du récit du grand-père et surtout par une angoisse que le rire de Juseret n'effaçait pas, bien au contraire. Enfin le grand-père en vint au cœur de ses conteries...

En ce temps-là, dit-il en baissant tout à coup le ton de sa voix, les gamins et les jeunes gens étaient chargés de ramener les vaches des prés les plus éloignés, à l'étable en fin de journée et souvent entre chien et loup, et pour rentrer il fallait traverser un coin de la forêt des Fagnes.
Une des vaches que je ramenais, la bleue, celle que je préférais, prise d'une «zin», une idée folle, ou peut-être piquée par un taon, avait pris la poudre d'escampette. La nuit allait tomber, je n'avais ni lampe de poche, ni torche, et je pénétrais dans le bois sombre. Bien sûr, le chien m'aiderait, pensais-je, mais lui aussi, farfelu, s'était enfui, inexplicablement. Piqué par une mouche? Impossible.
«Nom di Dju! jurai-je, pourquoi le chien, un fidèle et courageux chien de troupeau, avait-il décampé aussi vite?»
Au début de la retraite, je ne prêtai pas attention à sa course, j'entendais ses aboiements qui m'assuraient qu'il me guidait vers la vache dont il suivait la trace. Bientôt toutefois ses aboiements se multiplièrent et se firent de plus en plus brefs comme si tous les arbres noirs du bois les découpaient. Et puis plus rien, le silence. Un silence

total, anormal, car même à la brune, l'on entend dans une forêt des pépiements d'oiseaux ou des croassements de corneilles retardataires qui se battent avec leurs congénères pour trouver un abri pour la nuit. Mais, ce soir-là, le silence. Quoi de plus effrayant que le silence parfait, surtout dans une forêt, surtout la nuit? Car un silence pareil ne tombe jamais par hasard, il signale une présence dangereuse, un fauve? Or même dans mon temps il n'y avait plus de loups en Ardenne. Ou le Diâl? J'aurais dû aller demander de l'aide à la ferme, suivre le gros du troupeau, et revenir chercher la bleue, d'autant que le Maître, le «Mais'», soit le fermier qui m'engagea, n'était pas un patron facile. Il me ferait passer l'envie de perdre une de ses bêtes à coups de trique! Pour tout dire, il avait aussi mauvais caractère qu'Erard de la Mark dont il descendait sans doute de la main gauche. Oui, j'aurais dû suivre le troupeau, il en était temps encore, mais voilà, à peine les aboiements s'étaient-ils tus, que tout à coup ce silence diabolique tomba sur la forêt et que je me rendis compte que j'étais perdu...

Le grand-père s'arrêta, tira sur sa pipe presque éteinte, et actionna de nouveau le soufflet. Une flamme s'échevela dans l'âtre et moi, gamin, je crus voir en son cœur le masque d'un monstre, mi-loup, mi-chat sauvage, aux yeux fendus et aux dents pointues... Le grand-père reprit son récit.

Je rencontrai un sentier de cailloux, enfin. Ici passaient sans doute les charrettes du Mais', et

celles des fermiers voisins. Or je connaissais, pour avoir trimbalé tout gamin dans les Fagnes, chaque chemin du coin à au moins dix kilomètres à la ronde. Mais ce chemin-là, je ne le reconnus pas. Conduisait-il vers la Baraque? Vers Dochamps? Vers Manhay? Vers Bihain?
La vieille Mérence qui ne s'était jamais mariée et qui vivait à l'époque à quelques centaines de mètres de la ferme du Maître, nous avait avertis un jour mais nous avions ri de ses menaces de vieille crapaude. Sauf le Mais' qui nous annonça que nous devions nous en méfier parce qu'elle était macralle.

— Qu'est-ce que c'est une macralle? questionnai-je.
— C'est une sorcière, répondit le maître sans rire. Les filles d'ici qui ne se marient pas ont signé un pacte avec le diable.
— Allons Mais'! intervint Juseret. Ce sont des racontars. Mérence n'a pas convolé parce qu'elle est laide; son visage criblé de boutons poilus effrayait tous les gars du canton, c'est vous-même qui nous l'avez avoué!
— Justement, dit-il. Les gars en ont peur parce qu'elle jette des sorts. Mais elle guérit aussi. Quand j'étais gamin, ajouta le Maître, j'avais attrapé «l'mau d'dins», une rage de dents qui ne passait pas. À l'époque, on n'allait pas chez le dentiste, d'ailleurs il n'y en avait pas. Ma mère a demandé l'intervention de Mérence. Elle m'a introduit une gousse d'ail dans chaque oreille puis elle a sorti une dent de son tablier et a signé ma dent malade

de cette dent arrachée sur un cadavre, a-t-elle dit; après ça, elle a resigné la dent douloureuse en récitant: «Sainte Apolline, que fais-tu là? Je suis ici pour mon chef, pour mon sang et pour mon mal de dents. Apolline retourne-toi, si c'est une goutte de sang, elle tombera; si c'est un ver, il mourra. Dieu t'a guéri et tu es guéri.»
Et je fus guéri.

Ma voisine ne me repoussait plus. Chantal, blottie contre mon épaule, s'était redressée. Mais Juseret, lui, lança un «allez! allez, ce sont des carabistouilles! grand-pa!». Chacun aurait voulu que Juseret fichât le camp parce qu'en se moquant de la sorte de la macralle, il nous porterait malheur. Le grand-père ignora sa réflexion, et poursuivit:

— Comment savez-vous qu'elle jette des sorts? dis-je.
— Parce qu'il y a longtemps, un peu avant que je ne connaisse ma femme, votre maîtresse, la belle Hortense comme on l'appelait dans toute la région, lors du bal de la ducasse du grand feu, dans la guinguette du village, j'avais dansé une valse avec Mérence.
— Et alors Mais', où est le malheur?
— Ratinds... j'avoue que pris d'alcool et enivré par la musique, je la serrais d'un peu trop près la Mérence. C'est que si elle était laide comme un crapaud, son corps était avenant, moulé comme celui d'une déesse, et ses seins proéminents pesaient tant sur ma poitrine que n'importe quel galant aurait tenté, manière de s'amuser, de la

chatouiller une miette. Lorsque la danse cessa et que les danseurs et danseuses rejoignirent leur place ou le buffet des boissons, elle me retint au milieu de la piste, au vu de tous et toutes. J'avais l'air fin accolé à Mérence, formant couple avec elle, sur le plancher de la piste!
— C'était un aveu... une promesse, dis-je.
— Juste! approuva le maître. Cela signifiait que nous nous engagions l'un envers l'autre. Surtout que c'était la fête du grand feu, de la fin de l'hiver, l'occasion pour les jeunes gens de se prêter serment s'ils se sont choisis, ou d'avouer leur flamme à leur galant ou à leur amoureuse. Or moi je ne voulais pas de Mérence.

Elle me déclara haut et fort afin qu'on l'entende bien: «Mais', embrasse mi!»
— Que nenni! répondis-je, car je connaissais les conséquences d'un tel baiser donné en public, le soir du grand feu.
— Tu as été le premier et le seul galant de la région à danser avec moi. Pour ce geste, je te prédis que tu seras riche et que tu épouseras la plus belle fille du canton.

Ce qui se vérifia. Le maître s'enrichit et épousa la blonde Hortense, une beauté à faire succomber un roi.

— ... mais, ajouta Mérence, puisque tu as refusé ma baise, je te maudis, et te prédis ce malheur: au moment où tu posséderas tout ce qu'un homme désire, femme, enfants, richesses, tu perdras tout.

Donc, cette Mérence nous avait avertis, nous les jeunes du canton: «Certaines nuits, quand le silence du Diâl tombe, les chemins conduisent autre part qu'où tu veux te rendre.»
Je pensais à cette menace de la macralle, tellement que je tremblais comme une feuille des jambes et des bras, et que, perdu, je me dirigeai n'importe où.
Je tâtonnais avec mon bâton de frêne qui servait à guider les vaches et à me défendre des chiens errants, les talus, les sapins, et surtout le chemin parce que j'étais devenu aveugle. Le Noir. Cette situation dura je ne sais combien de temps jusqu'à ce que je voie comme une loupiotte, pareille à une luciole de juillet, qui grossit, grossit!... Je courus dans sa direction, et stoppai à temps, figé, raidi: devant moi, soudés sur le chemin, quatre hauts cierges noirs éclairaient un cercueil ouvert, sans couvercle!

À cet instant précis, le feu de l'âtre lança sa plus haute flamme qui vrilla dans la cheminée puis au-dessus de nos têtes, en lueurs rouge vif et violettes. Des cris de stupeur. Le grand-père ordonna: «Ici!» Et la flamme se rabattit aussitôt dans le foyer et disparut au soulagement de l'assemblée. Mais moi je pressentais qu'elle n'était pas morte, je devinais son œil rouge et violet au milieu des braises, qui fixait... le grand Juseret!...

Dans le cercueil, un mort immobile, évidemment! du sang frais, liquide, autour du cou, la tête coupée du torse. Ce mort, je le connaissais... c'était...

J'entendis la vieille d'à côté, prier: «Mon Dieu! Mon Dieu!» Et ma mère qui assistait à cette veillée mémorable avait sorti son chapelet.

... c'était le Mais'!
Je déguerpis, poussé par la plus terrible frousse de ma vie, et courus, courus vers le n'importe où qui me conduisit ici, dans le village, à la ferme du Mais'! Je poussai la lourde huche d'entrée, pleurant, tremblant, et versai dans les bras de la blonde Hortense, la maîtresse. Celle-ci ne me réprimanda point pour mon retard ni pour avoir perdu une vache. Au contraire, elle me consola et même caressa mes joues... moi, je ne sus que dire à cette pauvre femme à présent veuve, sinon que je pensais que les domestiques comme moi devraient travailler double pour remplacer le maître. Et je larmoyais, je larmoyais en hoquetant. Évidemment, à ce moment-là, j'aurais dû réfléchir: puisque le maître était mort, quand avaient eu lieu ses funérailles? On avait oublié l'enterrement du maître au milieu des FAGNES! Or un enterrement se célèbre jusqu'à la fin, jusqu'au trou! Je commençais à penser à cette absurdité lorsque la porte d'entrée s'ouvrit avec fracas: le Mais'! C'était lui en chair et en os, armé de son bâton. Il leva son bâton et me le cassa sur le crâne, en hurlant plus fort que sa femme qui criait à tue-tête. «Salopard! Tu as perdu la bleue, ma meilleure vache à traire!» J'en attrapai illico une fièvre accablante, ce que Mérence, la macralle, nommait «la fièvre de la clope!»

Le lendemain, j'étais au lit, la blonde Hortense à mon chevet. Je lui expliquai, lui décrivis le spectacle nocturne de la Fagne, le silence du Diâl, mon égarement, et surtout le cercueil sans couvercle... et le cadavre du maître! Apprenant mon histoire, le Mais' pâlit et perdit tous ses cheveux sur-le-champ. Il ne promena pas longtemps son crâne nu dans le coin, qui effrayait tout le monde. Trois jours plus tard, trois, le chiffre des trois fées d'Ardenne, à l'endroit même où j'avais vu le cercueil ouvert, il tomba de cheval, la charrette qui le suivait ne parvint pas à l'éviter, les roues lui décollèrent la tête du torse.

Le silence qui s'abattit sur l'assemblée à la fin de l'histoire dut être de même nature que celui qu'éprouva le grand-père autrefois dans la Fagne. Le silence du Diâl! Personne ne mit en doute la véracité de son récit, ni cette mort prédite par la macralle. Chacun avait pour ainsi dire vécu la scène de cette nuit horrible, avait vu le cercueil et le cadavre du maître. Sauf Juseret qui partit dans un rire non ironique ni moqueur mais sardonique. Le grand-père n'en eut cure qui ajouta: «C'est moi qui ai marié sa veuve, la belle Hortense, et nous sommes ici dans la ferme du Mais'!»

Toujours cette histoire du grand-père demeura gravée dans mon esprit, de même que cette veillée, la dernière à laquelle j'assistai. Ma voisine de la soirée est morte de mort naturelle il y a quelques années, d'un arrêt de cœur comme tout le monde. La belle Hortense a enterré le grand-père devenu son mari : ils vécurent ensemble des jours heureux qu'envièrent la plupart des ménages du canton. Elle vit encore aujourd'hui, et selon la rumeur et mes ouï-dire, est toujours vaillante et presque aussi belle. Quant à Chantal... je ne l'ai pas épousée... adolescent, nous nouâmes une brève relation... ensuite la vie nous éloigna. Elle est mariée à cette heure et mère de famille nombreuse. Et Juseret ? demanderez-vous. Comment dire ?... d'abord c'est lui qui retrouva la bleue, la vache égarée. Puis il fut mobilisé et partit à la guerre où il mourut, décapité par un obus. Vous avouerai-je que moi, je crois aux macralles ? Pour m'en protéger, je laisse derrière la porte d'entrée de ma maison, un « ramon », ou balai, dressé, jour et nuit.

Neige

La neige? Comment en parler encore sans risquer l'étouffement sous le fatras de tant de pubs, de plannings, de travellings? Mais la neige d'Ardenne n'est point celle d'ailleurs. Elle a un goût de froid sec tenace et une odeur de ciel immense qui ouvre le sillage aux épopées des loups et des maquisards. Son haleine glacée fume de partout, rendant aux indigènes la pleine propriété de leur pays: l'espace, le silence, la forêt endormie. Pour cela, je bénis la neige.

(La forêt va mourir et avec elle le plus humide de mon âme s'assèche. Salut Forêt, salut Arduenn des âges gaulois! J'ai soif de vous. Je l'écris sans honte, ne craignant ni le lyrisme ni l'hyperbole de mauvais goût, car parler de vous, c'est parler de l'essentiel.)

Au vrai l'hiver appartient aux étoiles qu'il grave dans les flaques des chemins. Bénis soient les chemins de terre et de cailloux qui conduisent partout et ne mènent nulle part! Petits chemins de l'enfance, des écoles buissonnières, chemin des demoiselles en robe blanche, chemin des amoureux attisés par le désir, chemin des Demoiselles à Louftémont! Ah! laissez-nous nous perdre par les chemins, loin des routes de tarmac…

Pour cette raison, j'admets l'hiver comme le véritable Seigneur de l'Ardenne, qu'annoncent dès novembre des chansons floconneuses. Et lorsque se lève dans son manteau sec, le vent du nord, on dirait que ma terre sédentaire se ramasse comme la laie prise au piège, avant de se laisser, le corps las, tomber dans les bras blancs du seigneur nordique.

La forêt est la fourrure de ma terre froide que les vents pourlèchent au printemps lorsqu'elle étire ses membres herbus, qu'ils taillent par plaques en hiver, qu'ils attouchent quand elle transpire au plein de son humus et de sa fumure en été.
Connaissant le tournis des rêves, les Celtes l'adoraient comme une déeese : la « dea Arduenna. »
Les Romains la craignirent, les proscrits l'aimèrent comme l'aiment ses bêtes sauvages, et ses fils, hommes des bois, bûcherons, promeneurs silencieux. Aujourd'hui encore, elle impressionne ceux qui la vident ou l'assassinent. Car on ne pénètre pas innocemment dans ses nefs sombres. À cette heure, elle aurait dû être vaste comme un continent et la voilà réduite à une province, traversée, tranchée, transportée, transformée.
Les Celtes, ces grands fous blonds qui riaient dans ses orages, pleureraient de la voir ainsi massacrée. Certains aiguiseraient leurs dagues de rage.
Heureusement, la neige drue, lourde, rend la forêt à elle-même…

L'ami Jean ou Who dares wins

Quand les Allemands entrèrent en Wallonie, en mai 1940, sa mère qui l'élevait bravement en comptant sur ses seules ressources depuis des années, depuis la mort accidentelle du père dans l'usine près de Marchienne, sa mère lui dit un soir en allumant la lampe de chevet sur la table de la cuisine, pour économiser l'électricité: «Jean m'fi, si vous voulez partir, c'est le momint!» Jean avait vingt ans à peine sonnés, l'œil bleu intrépide, les cheveux blonds comme les blés et hirsutes comme les épines, une taille d'athlète. Il ressemblait à l'époque à ce héros de la bande dessinée d'un Wallon célèbre, Jijé, je veux parler de Jean Valhardi. Oui Jean, mon ami Jean, était la copie conforme de Valhardi. Sa mère, partisane républicaine dans un pays monarchiste, n'avait pas supporté que le roi Léopold III, en titre le chef de l'armée belge, ne résistât pas, proclamât l'armistice et ne rejoignît pas ses ministres en fuite pour Londres. La veille, un ami lui avait communiqué qu'un jeune général français du nom de de Gaulle avait appelé à ne pas suivre la politique du maréchal Pétain, et à continuer la lutte, et cette annonce avait réchauffé son cœur désespéré de vivre dans un pays vaincu. Que deviendrait son fils dans ce pays vivant sous la botte nazie? Travailleur forcé, prisonnier? Mieux valait pour lui qu'il prenne son destin en main à l'exemple de ce jeune général audacieux.

— Je vous donne cinq cents francs, m'fi, pour payer votre voyage. Prenez le train, allez le plus loin possible dans le sud de la France, au-delà de la ligne de démarcation si possible, vers l'Espagne...

— Mais Mam, remarqua Jean, l'Espagne est du côté d'Hitler.

— Je sais. Mais tentez quelque chose.

Partir à vingt ans, quitter sa mère, pour l'inconnu, pour la guerre sûrement, qui l'aurait osé? Jean osa. Qui ose ne gagne-t-il pas?

Sa mère prépara une petite valise de carton et son sac à dos, y rangea soigneusement du linge pour presque un mois, enveloppa dans un papier gris quelques tartines au jambon tandis que Jean remplissait deux gourdes d'eau, et il partit un matin d'été dans la buée d'une Saint-Jean, en agitant les mains en guise d'au revoir ou d'adieu, sur la route, vers la France, ce pays qu'il considérait déjà à son âge, comme sa seconde patrie, celle du cœur étant la Wallonie, celle de la conscience, la France. Le début du voyage se déroula sans histoires, le train roulait, roulait, les paysages défilaient, défilaient, Lille, Paris, Orléans, Tours, la ligne de démarcation passée sans encombre. Il allait officiellement rejoindre de la famille qui

s'était enfuie vers Bordeaux au début de l'invasion allemande. Une jeune fille aussi brune que lui était blond – on l'appelait «le petit blanc» quand il était gamin – pénétra dans son compartiment, quand le train entra en zone libre. Jolie, vêtue d'une robe légère qui flottait autour de son corps svelte comme un papillon autour d'une fleur. Elle chaussa hélas des lunettes rondes, et du coup son visage devint sévère. Elle lisait un livre. Lui achevait à peine ses humanités, il avait lu plein de livres, bien obligé, mais à cette heure, aux livres il préférait l'action, comme son père décédé qui fit la guerre de 14, et qu'il admirait. Elle fronçait les sourcils en lisant.
— C'est difficile? demanda-t-il.
— Un peu, répondit-elle. J'apprends l'espagnol.
— Ah! bon? dans quel but?
— Eh bien!, reprit-elle un peu agacée, parce que je me rends en Espagne, j'ai obtenu un poste de professeur de français à Barcelone.
Sur ces mots, elle releva fièrement son menton.
Jean se tut, et n'osa tirer de sa poche, le journal populaire qu'il avait acheté gare du Nord à Paris, et qui traitait du prochain championnat du monde cycliste professionnel de sprint. Scherens le Belge était favori, mais le Français Gérardin lui disputerait le titre, et aussi un Allemand au nom imprononçable, mais tous les noms allemands étaient imprononçables pour Jean. Il craignait que la jolie jeune fille ne le considérât comme un primaire.

Enfin son front se dérida, elle lui sourit et demanda :
— Et vous, où vous rendez-vous ?
Ouf ! la bonne question ! Il connaissait la destination lointaine, Londres, mais par quels chemins atteindre Londres ? Était-il prudent de mettre son interlocutrice dans la confidence ?
Alors il inventa.
— Euh... en Espagne aussi.
— C'est merveilleux. Dans quelle ville ?
Il ne connaissait aucune autre ville en Espagne que Madrid, mais elle avait parlé de... ?

— Barcelone !
— Quelle coïncidence ! Nous nous reverrons sans doute là-bas ? Vous y séjournerez longtemps ?
— Euh !... quelques jours.
— Vous rendez visite à de la famille, ou à des amis ?
Jean se sentait de plus en plus mal à l'aise. Cette belle Française était curieuse comme toutes les femmes, comme sa mère qui le mitraillait de questions au sujet de ses copains, de ses copines, de l'école...
— C'est-à-dire ?...
— Oui, susurra-t-elle d'un air engageant.
Oh ! ses lèvres rouges, avenantes, gourmandes, luisantes, il en rêverait souvent.
Elle insista : Oui ?...
— C'est-à-dire que je voudrais surtout voyager en Espagne et qu'il me faudrait un laissez-passer...

— Holà! mon pauvre ami, je ne peux rien pour vous. Vous devriez vous rendre au consulat. Vous êtes français?
— Euh! oui... euh! c'est-à-dire non... plutôt luxembourgeois ou belge ou quelque chose comme ça...
Il venait de se souvenir du conseil de l'instituteur de Marchienne, ne copiner avec personne dans le train et surtout se taire à propos de ses origines... restait le problème: passer en Espagne, mais des anciens de la guerre civile d'Espagne, qui avaient combattu dans les rangs républicains, lui avaient refilé un tuyau, le nom d'un abbé qui connaissait un passeur...
Le nuage du doute et de la méfiance passa dans le regard de la jeune fille mais le sourire de Jean et son visage si jeune, si beau...?
— Voilà, dit-elle, un mot de ma part....
Elle avait tiré un carnet de son sac et écrivait.
— Allez à Barcelone à cette adresse et remettez ce mot à Diego, de ma part.
— Je vous remercie, répondit Jean, la gorge sèche.

L'on arrivait au terminus, la dernière gare française avant la frontière espagnole, il devait descendre et la quitter.
— Au revoir, dit-il la gorge serrée.
— Au...
Elle lui sauta au cou, et lui eut envie de sauter en l'air.
Il la salua de la main, debout sur le quai alors que le train continuait vers l'Espagne.

Le passage des Pyrénées vers l'Espagne se déroula sans anicroche. À Irun, Jean s'embarqua dans un train en direction de Barcelone. Il ne connaissait pas un mot d'espagnol, et ne répondait aux adresses que l'employé du chemin de fer (la Renfé), ou ses voisins de compartiment lui lançaient, que par « si » ou « no ». Les voyageurs bien habillés côtoyaient beaucoup de militaires et de policiers sans doute en permission, des curés en soutane discutaient en riant avec des sœurs aux larges cornettes. Pas d'ouvriers ni de paysans, le train était sans doute trop cher pour eux ! Barcelone enfin ! Il se rendit à l'adresse que la jeune fille lui avait confiée, de la gare de France jusqu'au pied de Montjuich, des heures à pied sous un soleil tuant. Mais devant le bel immeuble art nouveau indiqué sur le papier, stationnaient deux policiers de la Guardia Civil qui l'attendaient manifestement, et passèrent outre à ses protestations pour le fourguer dans un train, menottes aux poings, direction la prison pour prisonniers politiques d'Alicante, dans le sud. Jean voyagea donc le long des costas à cette heure parmi les plus touristiques d'Europe et comblées de Belges en quête de coups de soleil.

Dans la prison d'Alicante, il vécut le purgatoire d'une attente interminable. Il s'était dit catholique, ce qui lui valut une certaine sympathie de l'aumônier franquiste qui l'avait forcé ainsi que ses malheureux compagnons de cellule de prêter serment à Franco et à l'église catholique. On lui permit donc d'écrire et il envoya lettre sur lettre, en payant les timbres avec le reste de son pécule,

à l'ambassade de Belgique à Madrid. Chaque matin, assister au lever du drapeau, puis à la messe, puis les corvées chiottes, nettoyage, les travaux de force, décharger et recharger des paquets dans la gare d'Alicante sous l'œil de gardes pointilleux. Il se lia d'amitié avec un Espagnol d'une quarantaine d'années qui lui apprit sa langue. Il était médecin, républicain et athée, et en passant devant l'officier ou le curé, il marmonnait entre ses dents : « Hijo de puta ! », ce qui se comprend aisément.
Toutefois une question tourmentait Jean : pourquoi les deux gardes civils à l'adresse de Barcelone ? Il demanda conseil au docteur.
— Amigo, tu es naïf ! mais cette fille est une employée de Vichy, autrement elle ne viendrait pas travailler dans le pays de Franco.
— Elle... elle... m'a livré ?
— Correcto !

Cela, il ne pouvait le croire ! Elle si jolie, si...
— Méfie-toi des femmes, amigo !
Parfois, un garde venait chercher le docteur que ses compagnons revoyaient apitoyés quelques heures plus tard, le visage tuméfié, et le corps couvert d'ecchymoses. Il s'écroulait comme une masse sur sa paillasse, alors chacun se hâtait de préparer des compresses, de lui donner à boire, de le réconforter.
Jean lui demandait souvent pourquoi les franquistes s'acharnaient à le torturer.
— Ils veulent mon âme, amigo. Caramba, ils ne l'auront jamais, ces hijos de puta.

Après six mois passés dans la prison, nourri par ses compagnons de cellule qui recevaient leur repas de leurs familles, et lui faisaient goûter qui une paella, qui un gaspacho, quand les gardes ne les avaient pas bouffés avant eux, Jean reçut enfin une lettre de l'ambassade de Belgique à Madrid. Il avait usé d'une astuce auprès du directeur de la prison : chaque lettre mentionnait bien qu'il était originaire de Marchienne et qu'il connaissait donc, en conséquence, le comte de Marchienne, l'ambassadeur de Belgique, allégation fausse évidemment, mais celle-ci amusa l'ambassadeur, et de plus, un compatriote prisonnier des franquistes qu'il n'aimait pas trop malgré son éducation catholique, attira son attention et suscita de l'apitoiement. Qui ose, gagne! Jean reçut illico de l'autorité espagnole, un laissez-passer pour se rendre à Madrid. C'est le cœur ensoleillé qu'il rangea ses affaires ce matin-là dans sa petite valise en carton que lui avait achetée sa mère. Mais il ne partit pas tout de suite, car à cette même heure d'espérance, le garde convoya son ami le docteur vers le poteau d'exécution!

Le comte de Marchienne rit avec lui du bon tour que Jean avait joué aux franquistes; cependant, l'avertissait-il, Londres, même pour un jeune homme hardi comme lui, était loin, mais Jean possédait un laissez-passer et connaissait parfaitement l'espagnol, au besoin ses cheveux blonds feraient croire à un Galicien. Il traversa en train, en charrette, à pied l'Estrémadure sauvage, et le Portugal jusqu'à Lisbonne où il s'embarqua pour Londres avec son passeport belge. Il suffit d'oser!

Vous vous demandez certainement pourquoi je raconte l'histoire de mon ami Jean qui est né dans le Hainaut et pas dans les Ardennes, et justement quel rapport avec notre sujet de l'Ardenne. J'y viens.

Jean s'engagea illico dans la Brigade Piron qui l'envoya en Écosse suivre les formations de soldat et de parachutiste. Là-bas, dans le vent froid et humide, sur une terre verte et grise si semblable à la sienne de Wallonie, il connut lors d'une soirée concédée par l'état-major, une belle Écossaise, rousse, les yeux pétillant de vie, auxiliaire féminine dans l'armée britannique. Après l'espagnol du malheureux docteur fusillé par les franquistes qui déclinait «franquista» avec «hijo de puta», il apprit l'anglais en conjuguant «my love» avec «kiss me now».

Quand il embarqua dans l'avion Stirling de la Royal Air Force, le cœur serré, il éprouva à la fois du soulagement d'avoir terminé ces mois d'entraînement ardu dans les conditions les plus rudes, et une crainte bien compréhensible: sur l'aérodrome la nuit allait tomber, ils s'envolaient à neuf, neuf gars de vingt à trente ans, neuf Belges qui, comme lui, avaient fui leur pays occupé, mais combien en réchapperaient? Il envoya un baiser à sa belle Écossaise, en esprit, car elle n'avait pas été autorisée à l'accompagner; d'ailleurs, lui-même, jusqu'à la veille de ce départ, ignorait la date et l'objectif exact de sa mission. Le vol dura, et les bourrasques qui brutalisaient l'avion et les faisaient basculer les uns sur les autres, n'égayèrent pas les neuf commandos. Dame ! se lancer dans le vide et le noir, passe encore ! Ils s'y étaient entraînés, mais cette pluie et ce vent qui les déporterait immanquablement à plusieurs kilomètres de la cible sans doute, et un coup sur deux, dans les lignes ennemies, n'auguraient rien de bon.

On est en été quand même ! rigola Jean. Les autres ne relevèrent pas l'allusion. Ils pensaient, tous, à leur mère, à leur femme, à leur fiancée, certains à leurs enfants. Jean serrait contre lui son sac à parachute comme un trésor, lui confiant : « Ouvre-toi, mon vieux ! surtout n'oublie pas de t'ouvrir ! », car il se souvenait d'un exercice où le parachute d'un copain avait vrillé, sous le choc d'un coup de vent. Dans son esprit se télescopaient les images de sa mère lui disant « au revoir » sur le pas de la porte, devant la petite maison grise de Marchienne, le baiser inattendu de la jolie Française dans le train au commencement de son aventure, et le rire de la belle Écossaise rousse, sa fiancée. Il chassait le souvenir du médecin espagnol.

« Come back ! », lui commandait-elle. Et il répondait en riant : « Yes, I do ! » Et le visage stoïque du docteur espagnol qui se retourna une dernière fois vers lui quand le gardien vint le chercher dans la cellule de la prison d'Alicante. Et ses lèvres répétèrent machinalement le mot de l'ami espagnol : « Adios ! »

Mais il devait y aller, oser! La devise de son bataille: «Who dares wins», qui ose, gagne!
Quand la lumière rouge clignoterait au-dessus de leur tête et que l'alarme sonnerait sa musique qu'ils n'oublieraient jamais, ils se dresseraient tous les neuf comme un seul homme, accrocheraient la corde de leur sac à la tringle qui parcourait la carlingue de l'avion, de la cabine du pilote jusqu'au fond, et se pousseraient l'un après l'autre vers la porte que le copilote aurait ouverte. «Let's go!»
Jean aspira une goulée d'air, retint sa respiration, devant lui, deux secondes, le gouffre obscur, pas une loupiotte en bas, hop! il sautait.
La descente dura une minute à peine, il n'eut même pas le temps de réfléchir que le parachute s'ouvrait et commençait sa danse lente vers le sol qu'il percuta les deux pieds en avant. Un roulé-boulé, vite ramasser le parachute, le plier, courir le cacher quelque part, mais où se trouvaient les autres? Là un copain, plus loin un autre. Il leur fallut à peine dix minutes pour se rassembler et se compter. Sept. Deux compagnons manquaient à l'appel.
— Je les ai vus se déporter vers le nord.
Vers les lignes allemandes… pourvu que…
Aucun ne commenta la nouvelle. Les maquisards français accouraient déjà vers eux, l'arme au poing, murmurant: «Vite! vite!»
Qui ose, gagne! Que gagnerait-il dans cette deuxième expédition?

«Le 16 août 1944, peu après minuit, un Stirling E.F. 296 du 620e escadron de la Royal Air Force survola la plaine de parachutage du nom de code «Astrologie», située à l'ouest de la Croix-Scaille, du côté français. Voyez-vous l'Ardenne dans cette région superbe?

L'avion, tous feux éteints, largua neuf parachutistes belges du Special Air Service, le fameux S.A.S. Chacun portait une fausse carte d'identité canadienne afin d'éviter en cas de capture par les Allemands, qu'on ne les identifie et qu'on ne fasse subir des représailles à leurs familles. Leur ordre était de ne pas mettre le pied en Belgique, mais la météo fut mauvaise, de la pluie, du vent et il faisait nuit noire. Deux d'entre eux, le lieutenant Renkin et le soldat de Villermont furent entraînés par leur parachute, jusqu'au Franc Bois. Ce sont les deux premiers soldats belges à fouler le sol belge en portant l'uniforme belge.

La région n'était pas sûre. Du côté français, le maquis «Prisme» du commandant de la Bollardière avait perdu plus de cent hommes, des Ardennais bon teint, quelques semaines auparavant. Qu'à cela ne tienne: avec l'aide d'un autre Ardennais, garde-chasse et résistant, membre du maquis de la Croix-Scaille, Albert Bruck, la patrouille Renkin se reconstitua. Mission, participer à l'opération «Noah» sous le commandement du capitaine «Blunt», alias Édouard Blondeel, soit installer avec l'aide des maquis français et wallons disséminés dans les bois, une base solide d'opérations pour semer la pagaille derrière les lignes ennemies le moment venu. Les 29 et 31 août, vingt-trois S.A.S furent parachutés respectivement à Rienne, sur

la plaine « Grenadier », et à Bourseigne-Neuve, sur la plaine « Buffle ».
Le groupe « Noah » et les résistants passèrent à l'attaque dès le 1er septembre, harcelant les troupes nazies sans relâche. Le 6 septembre, le territoire de l'actuelle commune de Gedinne fut libéré. Le lieutenant Renkin et le soldat de Villermont perdirent la vie à Bure, le 31 décembre 1944. »

Jean participa avec ses compagnons d'armes à la contre-offensive pour repousser les troupes de von Runstedt, puis aux batailles de Hollande et d'Allemagne...
Il est cruel de relater de cette façon, en mots secs, ces faits tragiques et héroïques, c'est comme si l'action dépassait la parole. Écrire un roman à la Norman Mailer serait utile à cette heure, mais les acteurs de ces hauts faits furent tellement discrets, presque honteux ou trop modestes pour relater cette époque terrible que l'imagination seule d'un écrivain serait à même de restituer ces épisodes sanglants.
Jean rapporta à Marchienne la petite valise en carton, sa mère l'attendait sur le pas de la porte, les larmes aux yeux. Marchienne aujourd'hui, des kilomètres de grises maisons de briques qui ne paradent que leur désolation et leur délabrement. La brique est vieille comme la Wallonie surexploitée par ses bourgeois rapaces ; si vous la touchez du doigt, elle s'effrite. Mais Jean était fier d'être de cette région qui forgea dans les luttes un pays ingrat.

Jean retourna en Écosse. Sa fiancée rousse l'attendait de même sur le pas de la porte, les larmes aux yeux.
Pour lui, une autre vie commençait. Il roula sa bosse dans le Royaume-Uni, en Espagne encore à la recherche de ses compagnons de captivité et il en dénicha certains qui avaient échappé au peloton d'exécution et s'étaient réfugiés en France ; il s'exila au Congo belge ensuite, et revint enfin en Belgique.
La commune de Gedinne a commémoré le soixantième anniversaire de la Libération en plaçant une stèle qui fut inaugurée en présence des anciens combattants le dimanche 5 septembre 2004. Des neuf parachutistes ayant foulé le sol du pays occupé le 16 août 1944, un seul était présent à la cérémonie, mon ami Jean.
Who dares, wins! Jean gagna l'amour pour lui, et pour nous, la possibilité de vivre libres ! Merci l'ami Jean[1] !

---

1. Il semble que le commandant de la Bollardière fut cet homme, qui, devenu colonel, lors de la sale guerre d'Algérie, refusa les méthodes des paras français vis-à-vis des fellaghas, et démissionna, guidé par sa conscience et parce qu'il ne voulait pas ressembler aux nazis. Il fut puni d'un emprisonnement en forteresse.

La pierre des dieux

À vingt ans, j'avais l'imprudence de mon ami Jean mais certes pas son héroïsme. Les mégalithes me passionnaient, ces mystérieuses et troublantes pierres qui jalonnent, intactes, le chemin secret des légendes ardennaises. Depuis lors, la science les a étudiées et dénombrées, mais combien gisent encore sous les ronces, abattues, enterrées, cassées des siècles durant par les nouvelles superstitions de la religion dominante ? Contrairement à l'opinion répandue, elles n'ont rien de gaulois même si les druides s'en servirent par après, mais datent d'avant le néolithique et relèvent d'une civilisation fabuleuse, dont nous ignorons tout, qui occupait toute l'Europe, du Stonehenge de Cornouailles en passant par la Bretagne qui en recèle des centaines, l'Ardèche, l'Auvergne, l'Occitanie, le Pays basque, la Sardaigne, la Corse, et Malte, sans compter l'Allemagne et la Wallonie, plus d'autres que j'oublie. Chez nous, c'est le site de Wéris, à la lisière de la Famenne, à deux pas du domicile d'Adamek, qui est le plus célèbre. Je

n'ajouterai rien ici aux commentaires dûment étayés des nombreux ouvrages spécialisés qui traitent de Wéris. Je vous parlerai uniquement de mon expérience de ces pierres levées que je nomme pierres sacrées.
À vingt ans donc, je m'étais mis dans la tête de trouver une de ces pierres sacrées qui auraient pu servir à des sacrifices d'animaux ou peut-être d'hommes, creusées de rigoles pour recueillir le sang, pareilles aux blocs sacrificiels des Aztèques. Je vous le répète, j'avais l'imprudence et l'inconscience de mes vingt ans ! J'étais en vacances. Fin juillet. Une chaleur atroce lorsque je me mis bravement en route à travers le plateau de prés et de bois qui surplombe Houffalize, une contrée à cette heure encombrée l'été, de caravanes, de tentes et de barbecues, à faire vomir n'importe quel amateur de nature un peu vierge. Vingt ans certes, mais pas l'héroïsme de mon ami Jean dont je viens de vous raconter l'épopée. J'ai marché je ne sais combien d'heures. Chaud, une lourdeur d'orage et des centaines de mouches qui me grevaient la peau. Mais peu importait, j'avais décidé de dénicher une de ces fameuses pierres, et lorsqu'un Ardennais a une idée en tête, il est difficile de la lui enlever. J'avoue d'emblée que cette expérience me marqua pour la vie, et qu'elle inspira sans aucun doute les contes les plus noirs que ma plume jeta sur le papier. Je ne l'ai racontée jusqu'ici à personne d'autre, sauf au « sbèra », à l'épouvantail que je rencontrai ce jour-là. Il faisait chaud à fondre sur pied, la terre brûlait mes semelles, les vaches

dans les champs s'étaient réfugiées à l'ombre des arbres et des taillis qui parsemaient encore, à cette époque, nos campagnes, les corbeaux sur les piquets des clôtures ouvraient un large bec et s'aéraient de la glotte comme ils le pouvaient. Une vieille femme du village de Longchamps, Marie Lanners, m'avait prétendu que je trouverais dans la direction d'Houffalize le «Trou des Nutons», soit un rocher qui aurait été dressé par les nutons pour cacher leur caverne souterraine, et que sa grand-mère à elle portait encore là-haut, des casseroles, des chaudrons et des écuelles usés ou abîmés, qu'elle déposait au pied du rocher. Le lendemain matin, à son retour, les ustensiles étaient rétamés, briqués, polis, et cependant personne, même pas sa grand-mère, ne vit un de ces nutons ou sotets ou massotets, sorte de farfadets d'Ardenne qui étaient supposés hanter certains lieux singuliers, comme des grottes ou des conglomérats de rochers. Je pensai immédiatement à un menhir. La légende recouvrant sans aucun doute une croyance beaucoup plus antique, remontant aux Celtes ou au-delà. La légende, sorte de mythe désacralisé, permit de cette manière aux antiques religions de se perpétuer en dépit des persécutions des nouvelles fois imposées souvent par la force. Poussé par ces idées et ces informations, je bravai donc une canicule à décourager les moustiques. Mais mes pieds chauffaient et les moustiques n'étaient pas assez découragés pour ne pas m'assaillir. Je m'arrêtai plusieurs fois à l'ombre bienfaitrice d'un arbre où je délaçai mes bottines et massai mes

pieds gonflés. Putain! me disais-je, où se trouve ce rocher de la vieille Marie Lanners?
Une lubie? Certainement pas! Elle était très âgée, quatre-vingts ans pour le moins, mais catégorique dans ses affirmations; quant aux nutons? croire aux légendes à notre époque, fallait pas pousser!
Allez, courage! Je redémarrais d'un pas alerte qui au bout d'une demi-heure se raccourcissait et ralentissait. J'avais enlevé ma casquette de cycliste pour la remplacer par ma chemise lacoste que j'avais nouée autour de mon crâne comme un cheich arabe afin de mieux me protéger de l'ardeur du soleil. Où s'abriter des brûlures de phébus maintenant? Pas un arbre en vue, sinon très loin devant, à plusieurs kilomètres, et j'avais soif! mon bidon était vide, j'avais dû me rabattre déjà sur la bouteille en verre que j'avais remplie d'eau mélangée à un peu de vinaigre, l'idéal pour étancher une soif. Tiendrais-je jusqu'aux arbres de là-bas? Autour de moi, que des herbes rôties, les paysans râleraient cet été, les moissons seraient maigres. Combien de peuples adorèrent le soleil? pensai-je.
Toutes les civilisations amérindiennes, les Égyptiens, et les Celtes. Le dieu Lug ou dieu-lumière était une de ses incarnations, et le cirque des mégalithes de Stonehenge, et sans doute aussi celui de Carnac, lui était dédié. Mais Bon Dieu, ici, qu'est-ce qu'il tapait dur ce dieu-là!
Je m'encourageai en chantant: «Un kilomètre à pied, ça use, ça use... les souliers!» De ma gorge sèche ne sortaient que des sons éraillés, j'humectai

mes lèvres d'eau, j'arrivais à peine à saliver, et je ne savais quel mauvais plaisantin s'amusait à éloigner de moi les arbres du lointain… Au moins en Amérique latine, les Incas et les Aztèques priaient avec succès le dieu de la pluie, Hiti ! Mais nous, incrédules, qui prier ? Nous attendions que cela passe, les sécheresses comme les inondations.
Et pourtant… il me sembla que je respirais un air moins chauffé… Hiti m'entendit-il ?
À l'horizon, une barre de nuages sombres s'avançait menaçante… Ouf!… oui, enfin, ne nous réjouissons pas trop vite, pensai-je. Certes le temps ensoleillé ne dure jamais longtemps en Ardenne mais quand s'encolèrent les orages, gare aux dégâts !… Elle finit par recouvrir le ciel entier qui, il y a dix minutes, était chauffé à blanc, éteignant non seulement le soleil mais aussi la clarté du jour. Je pris peur, jugeant à juste titre qu'il ne s'agirait pas d'un orage ordinaire. Saisis par la crainte que le soleil s'éteignît, les Aztèques du Yucatan et nos ancêtres les Gaulois sacrifiaient des hommes pour le calmer. César dans ses Commentaires nous assure de ce dernier fait ainsi que le chroniqueur espagnol de la conquête de Cortès, du premier.
Les premières gouttes, déjà drues et coupantes, et comme un roulement de tambour. Vite je courus au hasard, espérant trouver un abri quelconque ou même un fossé où me terrer si le tonnerre éclatait. Enfin un hangar à bestiaux, au bout d'un pré, bien protégé du vent par un rocher en forme de visage d'Inca, derrière lui. Je m'y précipitai, pataugeant dans ma hâte dans des bouses de vache, et c'est

couvert de merde que je poussai la porte battante du hangar. À peine dans la pénombre, je sursautai d'effroi. Si je n'avais pas eu cet âge, j'en serais mort d'un arrêt de cœur. Un homme se tenait là, au bord de ce que je crus être une table, assis sur un tabouret qu'on appelle en certain wallon «un cham», qui met l'homme à hauteur du pis de la vache à traire.

Ce ne fut pas cette présence qui m'effraya, mais le personnage, une gueule ridée, des yeux glauques, des doigts crochus comme ceux d'un diable, et une large moustache à la gauloise qui encadrait des lèvres épaisses et tailladées; moustache rousse, crottée de je ne sais quels restes de repas, potées, fromages, ou de crottes de poule et de gibier. Un chapeau crasseux lui gobait le front, jusqu'aux sourcils. En me voyant, il se leva, droit sur des jambes arquées, mais cassé aux reins. Je me rassurai en pensant que mon grand-père devait ressembler à cet homme, ardennais pure souche, taillé par les froids et les chaleurs, par la pierre et le bois, brisé par le travail harassant de la terre sur laquelle il s'abaissait des heures durant, le genre d'hommes qui se terrent à cette heure dans les endroits isolés en compagnie des seules bêtes à qui il tiennent conversation, un chien, un chat, une «gatte», un cheval, un âne. Notre monde n'est plus leur monde. Il portait une veste de velours usée aux coudes, une chemise à carreaux aux couleurs indéfinissables, et non un pantalon, mais des sortes de braies gauloises, larges, descendant en bouffant sur ses bottines de cuir. Toutefois, cette main crochue m'inquiétait. Un accident de travail, brûlure, coupure ? Il était petit mais robuste, les épaules carrées, les bras épais et sans doute musclés. Était-ce un sorcier, un « macré »[1] ? D'un pas lent il se dirigea vers la porte qu'il fixa avec une branche qu'il cala d'un coup de bottine dans le sol de terre. En effet la pluie s'activait, une « drache » monumentale, des herses successives frappant le toit de tôle dans un boucan épouvantable. La pièce puait le lait caillé, et lui, puait non le chien ni le bouc mais l'animal sauvage et il me regardait comme un animal sauvage sans péter un mot. Le ciel lâcha un tombereau d'eau que des bruits de gargouillement suivirent, comme si le hangar et le rocher allaient se précipiter dans le sol par une fosse creusée par l'orage. La foudre qui devait forer les nuages épais nous éclairait à intervalles réguliers, et les mouches continuaient à me harceler tandis que lui n'en avait cure. L'orage en Ardenne a plus de force et de vice qu'en plaine, il est méchant souvent. L'eau martelait le toit et la porte comme si elle exigeait d'entrer et elle tapa si fort qu'elle fendit un coin du toit, et se rua sur la table. Je

1. Un macré en wallon est un sorcier, appelé aussi «macré r'crèyou», souvent un berger pouilleux connaissant la vertu curative des herbes dont il composait des remèdes, des philtres d'amour ou des breuvages empoissonnés servant, entre autres, aux avortements. C'est pour prévenir la malédiction des macrales et des macrés, et de leurs sabbats chaque vendredi à minuit, dans une clairière ou au carrefour des chemins, que les paysans plantaient des croix dans ces lieux.

reculai au fond de la pièce. Bientôt une cataracte, le sol tremblait, les bois de la charpente crissaient, une vitre du hangar éclata sous un tromblon de grêle, je m'accroupis, me rencognai, m'arc-boutai en priant saint Donat. L'homme demeurait immobile. La violence du choc avait fait disparaître les mouches. L'eau clapotait sous la table. La table ? Je me rendis compte que ce n'était pas une table ordinaire, mais un bloc de pierre raviné de rigoles. Étrange, me dis-je, un bloc de pierre d'un volume d'un mètre cube au moins, dans un hangar à bestiaux. Et où se trouvait le bétail ? Par terre, il y avait bien de la paille mais nulle trace de bouses ou de crottins, et pourtant cela puait. L'orage maintenant ululait, d'orage il devenait cyclone, et de la boue gicla de l'extérieur sous la porte, couleur de sang. De l'argile, pensai-je, mais par prudence je me signai. L'homme le remarqua, se retourna, saisit dans un coin du hangar un sac de chanvre qu'il posa sur la table au milieu d'une flaque d'eau. Ce sac gigotait. Quelle bête là-dedans ? Je n'entendais plus le tonnerre, ne voyais plus les éclairs qui éclairaient ce sac. Il tira de sa ceinture un long couteau avec sa main fourchue, dessina avec ce couteau le signe de la croix sur le sac, dénoua lentement celui-ci. Moi je fixais la chose qui gigotait de plus belle à l'intérieur du sac. Indifférent aux orgues devenus fou de l'orage. Conjurait-il quelque mauvais sort, éloignait-il de nous les éclairs ? Je me sentais séparé de lui par des milliers d'années, il appartenait à une antique race d'hommes dont les racines avaient poussé

ici, dans la terre, depuis les Celtes. L'homme, de sa main crochue, avait poigné la chose qui remuait dans le sac afin qu'elle ne sorte pas, et en articulant je ne sais quelles formules incompréhensibles, il plongea son couteau dans le sac, une giclée de sang m'aspergea, un couinement rageur me glaça le sang, non le cri d'un animal, le cri d'un humain. L'horreur!
Quel sacrifice opérait-il là? J'essuyai le sang qui brûlait mon visage comme le sang de l'Enfer. Lui demeura un moment figé face à cet enfant du supplice. Le sang coulait à travers le sac dans la flaque d'eau qu'il colorait. Les éclairs, de flash en flash, rendaient la scène irréelle, violette, puis noire. Et le tohu-bohu de l'extérieur ne ressemblait plus à celui d'un orage mais à une féroce sarabande de sorciers et de macralles chantant et hurlant à tue-tête.
Moi, accroupi dans un coin, comme une larve, le sang éteint, saisi de vomissements.
Je n'osais comprendre: je me trouvais au Trou des Nutons, et l'être que j'avais pris pour un homme était un nuton, la table de pierre, le vestige d'un dolmen, et le rocher à visage d'Inca, qui abritait le hangar à bestiaux, un menhir.
La joie de la victoire brillait dans ses yeux à lui, complice des anciens dieux assurément toujours présents dans ces endroits reculés que personne ne fréquentait.
Il avait posé le couteau sur la pierre et je remarquai que ce n'était pas un couteau mais le coin d'une pierre, une hache polie peut-être, ou une

«pierre à foudre», silex ou jadéite, une de ces armes plusieurs fois millénaires, que les charrues des paysans, les neiges et les dégels, rendent à la surface du sol. Je connaissais des vieux qui en faisaient collection. Une pierre talisman destinée à l'office de cérémonies secrètes, ou à conjurer le mauvais sort comme la foudre maléfique. Un cadeau des anciens dieux, Lug ou Ana la grande-mère Terre, son épouse-sœur. Et je me souvins que les Celtes d'Irlande, les Gaëls, rendaient un culte aux antiques mégalithes, croyant que des géants divins les avaient érigés. Ils nommaient ceux-ci «les fils d'Ana», les Tuatha de Dannan en gaélique.

Tout à coup des coups sourds et de plus répétés, venus du sol et du ciel, ébranlèrent le hangar à un point tel que je crus voir l'autel de pierre balancer. Une clarté de jour perça l'ombre et un nimbe bleu envahit la pièce. Mais le sang coulait encore du sac et l'être gigotait encore sous la main crochue de l'homme. Mes lèvres closes, mes narines serrées, je respirais à peine. L'homme saisit le sac à pleins bras, le porta contre sa poitrine, et le berça comme une mère berce son enfant. Le chanvre remuait toujours. Les coups de nouveau. Était-ce mon cœur qui battait la chamade, le tonnerre de l'orage, ou... autre chose? À travers la vitre brisée, j'entrevoyais les nuages globuleux et les éclairs qui paraissaient s'éloigner enfin. Angoisse de ce que l'on ne comprend pas et que l'on ne peut comprendre. Cet homme était-il un paysan, un

nuton, un sorcier? Appartenait-il à cette terre ou venait-il d'ailleurs et d'un autre temps?
Il tordit le sac de chanvre au-dessus de l'autel. Le sang déborda de la flaque et dégoulina presque sur mes bottines. Et à l'instant où il retira l'être énigmatique du sac, un coup de tonnerre m'aveugla et m'assourdit à m'assommer.

J'étais couché sur le sol, parmi les pailles qui puaient le lait caillé, à moitié inconscient lorsqu'un cinsi du village voisin me trouva. Depuis combien de temps? L'orage avait duré un jour et une nuit, me dit-il, causant des dégâts considérables, une vraie colère de Dieu, incendiant des fenils, des fermes, inondant des maisons, suscitant une panique que l'on n'avait plus connue depuis l'exode en 1940, une véritable catastrophe. L'abbé Balthazar, connu pour ses pouvoirs, était monté dans le clocher pour prier Dieu d'arrêter cette tornade, mais dans son église même, les statues des saints s'étaient fracassées sur le sol, et la foudre avait frappé le presbytère de plein fouet, le réduisant en cendres en quelques minutes. L'armée avait été appelée à la rescousse. Quel jour étions-nous? demandai-je à moitié abruti à ce brave homme. L'orage avait éclaté le 15 août, me dit-il. Le 15 août, la fête de Lug, le dieu du tonnerre, devenu Lancelot le chevalier à l'armure d'argent dans les contes bretons. La Lugnasad!
Il me remit sur pied tant bien que mal, et, après quelques minutes, le temps de reprendre mes esprits, je lui demandai s'il connaissait l'endroit où nous nous trouvions.

— Ben, c'est le Trou des Nutons! déclara-t-il en haussant les épaules comme s'il fut évident que tout le monde devait connaître le lieu.
J'examinai la table. C'était bien un bloc de pierre raviné de rigoles. Je sortis du hangar brusquement, éveillant de la sorte l'inquiétude du fermier.
— Cela va-t-il aller, Monsieur?
Le rocher derrière le hangar, droit comme un «i», d'une hauteur de trois hommes, ne pouvait être qu'un ancien menhir. D'ailleurs des croix y avaient été creusées en signe de conjurations des antiques croyances druidiques mais aussi des cercles concentriques, symboles solaires que je connaissais bien, présents de Malte à Stonehenge. Je rentrai à l'intérieur de la baraque, sous les yeux étonnés du fermier qui s'interrogeait sur mon manège. La table. Les ravines dans la pierre. Et dans ces ravines des traces rouges à peine noircies, j'y passai le doigt qui se colora de sang. Et des traces à peine sèches. Je n'avais pas rêvé. Cet homme que j'avais vu sacrifier un enfant, qui était-il? Je le décrivis au paysan, le reconnaissait-il à cette main en forme de fourche?
— Non.
Existait-il encore un guérisseur dans les environs?
— Ah! soupira le fermier, vous voulez parler du vieux Boreux?
— Pouvez-vous me conduire chez lui?
— Ma foi, c'est assez loin, au début de la vallée de la Lienne, à Manhay.
— Je vous paierai.

— Pas question! conclut le fermier. Mon fils est étudiant comme vous. Je vous conduis, ce sera une occasion de saluer le père Boreux qui vit comme un ermite là-bas...

Le vieux Boreux habitait bien Manhay, il guérissait les brûlés à distance, au téléphone même, et il s'était malencontreusement coupé l'avant-bras d'un coup de serpe, un accident de bûcheronnage. Mais il n'avait ni les yeux glauques, ni la petite taille du sorcier du hangar. Et surtout il ne portait pas ce chapeau qui mangeait le front de «l'autre». Et pourtant sa main ressemblait à une griffe de rapace...
Je remerciai le fermier pour sa gentillesse, et je m'apprêtais à décamper quand... Le vis-je réellement ce sacrifice, et le Boreux s'était-il incarné en un druide ou en nuton?
— Est-i vrai que vous conservez un trésor, père Boreux? lui avait demandé le fermier en riant, pour détendre l'atmosphère, car il avait deviné que je soupçonnais le vieux paysan d'un horrible forfait.
— Mi? s'étonna le vieillard en haussant ses sourcils et sa moustache rousses.
— Ben oui, vos! Vous l'avez montrée une fois au jour des Morts, au curé qui a prétendu que c'était maudit... il vous a même menacé... tout le monde dans la vallée connaît cette histoire... que si vous conserviez ce trésor, vous seriez excommunié...
— Bof! souffla le vieil homme. D'abord ce n'est pas un trésor, et ensuite, le curé, vous le connaissiez hein?... il voyait le mal partout, il faisait comme

le curé d'Ars, il jetait des pierres aux chiens qui s'accouplaient, c'est-i chrétien ça ou simplement normal?
— Montrez-le votre trésor au Monsieur, s'il vous plaît, comme ça le Monsieur n'aura pas fait le déplacement pour rien...
Le vieux Boreux me lança un regard suspicieux, passa sa main épaisse dans sa hure grise, et disparut dans le fond de la pièce. Quel pouvait être ce trésor énigmatique? Il apporta un linge qu'il déplia avec soin sur la table de la cuisine, et je reconnus sur-le-champ la «pierre à foudre» de la cabane; sans aucun doute c'était elle! Selon le père Boreux, sa famille la possédait depuis toujours, elle était léguée de père à fils comme un héritage, C'était une hache-marteau, au polissage régulier et au tranchant redoutable, d'une quinzaine de centimètres de long, non de silex mais peut-être de basalte. D'une couleur noire épaisse comme si des litres de sang y avaient séché
— Elle nous protège de la foudre et du malheur, dit le guérisseur en repliant le linge.

Dois-je avouer que je quittai la masure du père Boreux, passablement perturbé?
Et comment effacer cette tache de sang qui marque aujourd'hui mon doigt, me signant d'une bénédiction ou d'une plaie ou d'une malédiction qui me lie à des forces ténébreuses issues d'un passé immémorial qui me fascine désormais plus que la vie du présent?

Vélo ou Liège-Bastogne-Liège

Aujourd'hui, dès les premiers soleils de printemps, nous les voyons dévaler les collines et ahaner dans les côtes, des pelotons compacts et multicolores de cyclistes, en majorité des Flamands, venus chercher chez nous l'espace, la sueur et surtout la concrétisation d'un rêve : devenir comme… Merckx, Hinault, Coppi, Amstrong, tous les cracks qui les passionnent lorsqu'ils regardent les reportages en direct à la télé, et comme le pays est désespérément plat chez eux, ils espèrent dénicher « la » côte qui leur fera vomir les tripes et rendre l'âme, une super-Redoute, et des raidillons pareils existent, c'est vrai, j'en connais. Je voudrais raconter l'histoire de l'un de ces cyclo-sportifs qui s'acharnent à cette recherche, Jef, un ancien professionnel. Son boyau arrière creva juste devant ma maison. Je l'invitai à boire un pot avant de l'aider à réparer. Il remarqua tout de suite que j'étais un peu cycliste, et cette reconnaissance suffit à nouer entre nous des liens de sympathie. Après qu'il eut partagé mon repas et vérifié si sa bécane était bonne pour

reprendre la route, car un vélo de coursier n'est pas qu'une machine, c'est une sorte d'animal que vous apprivoisez entre vos cuisses, ou que vous ne blairez pas. Existent des bicyclettes rares avec lesquelles votre corps ne forme qu'un, immédiatement, et d'autres, la plupart, sur lesquelles vous vous déhancherez toujours, même si les mensurations de l'engin ont été parfaitement calculées. C'est le mystère du vélo. Il y en a d'autres. En outre, un vélo se regarde, s'apprécie, se porte d'une certaine manière, les passionnés lui parlent parfois... chaque bécane a son identité, et un vrai cycliste possède plusieurs vélos, l'un pour l'hiver, l'autre pour l'été, une machine plus ancienne, ce qu'on nomme « le mulet » pour les mauvais temps, pluie et froid, et une bicyclette plus légère, plus racée pour les chaleurs d'été qui vous tapent sur le crâne dans les montées...
Donc, après ce repas, Jef me conta « sa » course, celle dont il avait rêvé des années durant, depuis qu'il était gamin, « la Doyenne », la plus pénible même si le Tour de Lombardie en Italie, la Classica de San Sebastian en Espagne, et la Classique des Alpes en France valent leur peine de transpiration et d'acide lactite dans les muscles. Liège-Bastogne-Liège. Certes il m'avait prévenu qu'il ne fut qu'un petit coureur et pas un champion de la trempe de Hinault par exemple, qui, sur la même course, par un temps dantesque, laissa son suivant à plus d'un quart d'heure, et les autres plus loin encore, treize coureurs terminant la course. Des exploits pareils forgèrent la légende de la Doyenne, comme celui de

Bobet qui, côte après côte, démarrait rageusement sous une neige froide, et qui termina cette course épuisé, la seule classique qu'il ne gagna jamais... Certes Milan-San Remo, la «classisssima», Paris-Roubaix, «l'enfer du Nord», le Tour des Flandres nommé «le Ronde», ne sont pas destinés aux culs-de-jatte mais la Doyenne est d'une autre nature. Ainsi que sa sœur «la Flèche Wallonne», tous les campionissimi l'ont gagnée ou s'y sont cassé les mollets tels Criquelion, Anquetil, Van Looy, ou récemment l'explosif Jalabert. Pour l'une ou l'autre course, souvenez-vous des exploits de Coppi, Van Steenbergen, Ockers, Kubler, Merckx, etc., tous coureurs du Tour de France, juge suprême de la valeur en cyclisme.

«Lorsque j'ai enfourché mon vélo, je me suis dit, Jef, c'est le moment ou jamais de casser la baraque. J'avais dormi comme un loir la veille de la course. Un soleil tiède chatouillait mes jambes et l'air n'était ni trop sec ni trop humide. Je pédalais dans l'huile. Oui, potferdeke, casser la baraque!
Pauline qui ne m'ennuyait jamais avant une course, qui supportait en silence les mois sans salaire et les hivers de chômage, Pauline m'avait dit en montrant les factures:
— Tu vois, Jef, ce mois-ci, nous n'en sortirons pas.
— Gotferdomme! Et alors et le crédit? Je peux pas me tuer sur le vélo quand même?
— Je sais, Jef!
L'an passé, j'ai pris des amphétamines, l'an d'avant de la cortisone, l'an d'avant, des anabolisants, et

l'an d'avant des... du... de... l'EPO... déjà que j'ai trente-cinq ans... Il manque combien?... Pauline, tu pourrais me répondre quand je te parle... combien?
— Beaucoup, les commerçants ne veulent plus faire crédit.
Potferdeke, vingt ans que je me crève sur le vélo pour quoi, pour qui? Une baraque hypothéquée, un cœur qui bat comme un mixer le soir et des jambes qui tournent carré en fin de course... Pour qui?... ah! weye... deux ketjes... Eddy en Joop! Ça en vaut la peine quand même!

Alors ce jour-là, j'ai décidé de casser la baraque.

Bastogne-Houffalize

Devant, quelques gaillards s'énervent contre le vent, des jeunes qui se sont échappés pour montrer le maillot de leur sponsor, et le peloton et ses caïds ont permis, c'est la tradition, chacun doit gagner sa vie, le sponsor sera content et reconduira leur contrat en fin de saison, et puis ils vont gagner quelques primes au-dessus des premières bosses.

À Vielsalm, le rythme hausse. Je passe sur le grand plateau et me place derrière les hommes de tête, Meursault à mon côté, un peu plus loin Morosini l'Italien, à l'avant Van Cassemescouilles fait le forcing.

Côte de Wanne

La carcasse de Van Cassemescouilles ballotte comme un épouvantail sous l'orage. Morosini suit facilement, Meursault aussi. Plus que dix hommes, une bordure, et que des cracks et moi avec. Le peloton s'est délayé. Je ne m'en suis même pas aperçu, c'est bon signe. Le sommet est atteint sans douleur. Je pousse un 50x12. L'air frais gifle mon visage, je le bois comme une eau de jouvence, les mains sur les cocottes des freins. Ah! la tentation quand tu te sens bien… tirer et tirer encore comme il y a dix ans quand je n'étais qu'un cheval fou… Mais l'expérience parle pour moi zeg… pas d'efforts inutiles… courir à l'économie! Bientôt les bosses de la finale. Stockeu, Haute Levée, Rosiers, la Redoute… et ils ont rajouté les Sart-Tilman et les côtes d'Ans, les smeerlaps d'organisateurs… on voit bien, zeg, qu'eux ne pédalent pas hein?

Stockeu

Morosini s'échine. Van Cassemescouilles tangue, il souffle comme un phoque. Morosini insiste. Celui-là, c'est un dangereux, tu sais, et il a un pétard dans les jambes quand il démarre. Le voilà en danseuse, le torse moulé dans son maillot azzuro, le cabri des Abruzzes comme on l'appelle. Le visage ravagé de Van Cassemescouilles se torche au-dessus du guidon comme un waterzooi passé à la centrifugeuse. Ses yeux s'injectent de sang, il cède mètre par mètre. Van Cassemescouilles zigzague. Ici, tu sais, quand tu es lâché, tu es lâché, impossible de revenir.

Haute Levée

Morosini redémarre en danseuse, houlala, j'ai mal, mais son rythme est plus saccadé. Je ressens quelques picotements à hauteur des genoux. Meursault imperturbable suit, en regardant la roue arrière de l'Italien.

Rosiers

Cette fois, zeg, tu dois donner tout ce que tu as dans le ventre pour Pauline et les ketjes. Après, terminé ! juré ! Quinze ans dans le vélo, c'est assez ! Débutant, amateur, professionnel, combien de maillots, de sponsors et d équipes et de directeurs sportifs ? Des alcolos, des drogués, des dictateurs, des m'as-tu-vu pour un qui était honnête et humain et qui ne te poussait pas au rendement et au résultat à n'importe quel prix : «Tu te dopes, je m'en fous, je ne veux pas savoir, si on te pince, tu es viré, moi, j'ignore tout, mais tu dois rouler et gagner, nom de Dieu de merde ! On te paie pour quoi faire ici ? Pour glander en queue de peloton ?
Moi je veux des guerriers, des baroudeurs ! Alors si t'as pas la classe, sors-toi au moins les tripes crétin, fainéant ! »
Quinze ans dans la chaleur torride, la pluie froide, le froid, et les chutes ? Mon corps est couvert de cicatrices ! Et je cours tellement que si tu me voyais tout nu, tu me prendrais pour un squelette ! On est des cobayes nous ! Les gladiateurs modernes ! Faut du spectacle, du show pour les médias et les sponsors !... Non ?

Plus que trois à mi-côte. Les autres ont explosé. Morosini cahote. Alors je mouline comme un désespéré, je fuse derrière Meursault, déboîte de l'autre côté de la route ; mes jarrets, des bielles, les rotules rentrent dans mes cuisses, le cœur comme un burin, tenir pour Pauline et les ketjes.

Sommet du Rosiers

Plus que deux. Morosini loin derrière crache sa fatigue et sa rage, il a gaspillé ses forces. Meursault m'a rattrapé, il ne veut pas passer devant. Ouïe, ça c'est un truc pour me fatiguer encore plus. Je m'écarte, je ralentis. Meursault se couche sur son cadre, l'enfer commence maintenant, je le sais, Meursault est le meilleur rouleur du monde, capable de tirer des braquets énormes. Alors, zeg, je saisis le bas du guidon, je ne vois plus le ciel, plus la route, mais le filet noir du boyau de Meursault. Pas op hé ! Une victoire, c'est ma dernière chance, dix mille euros cash, plus les contrats, plus une augmentation du salaire à la fin du mois, plus des Six Jours en hiver, ah !, ils seront à l'abri pour longtemps, Pauline et les ketjes.

La Redoute

Meursault se dresse sur son vélo, ses courtes jambes animales arrachent les pédales qui crient. Moi, je bascule sur ma bécane, je sue, je bave, je rue, les tempes en feu, le cœur entre les dents. Je tiens, sept, dix mètres... ma, mon cœur est en surrégime, le pacemaker plaqué sur mon torse,

sous mon maillot, fait «bipbipbip», mes jambes s'alourdissent...
Et alors, zeg, une rage se lève en moi, contre les factures, contre la banque qui nous suce, contre les organisateurs qui nous crèvent, contre les sponsors radins, contre tout, je me rue, effort total, je sais que je ne tiendrai pas, que sur le faux plat du dessus, je n'aurai plus assez d'énergie pour tenir, mais j'espère qu'avant j'abattrai Meursault!
Je gagne, six, sept, dix mètres... Meursault ébahi, reste en équilibre, debout sur les pédales. Le sommet devant moi, le salut devant moi, Meursault est lâché!... J'imagine la tête des journalistes à la VRT, et les titres dans les journaux demain, «Jef le revenant!... Énorme surprise: un domestique gagne la Doyenne!... La plus belle victoire de Jef!... Le sommet de la carrière d'un sans-grade, Jef!...»... Ah! Pauline, tu seras heureuse enfin, on partira à la Costa del Sol, là où les cracks s'entrainent l'hiver pendant que moi, je retourne au bureau de pointage... je paierai un vélo neuf à chaque gamin... et j'achèterai une nouvelle voiture, un break pour mettre tout notre brol et on partira à la Costa del Sol, tu te rends compte, Pauline?

Sart-Tilman

Meursault rapplique comme une moto. J'ai dépassé le point de rupture, les jointures des muscles sciées, mes jambes refusent tout service, brusquement Meursault est à ma hauteur, et sans un regard, me dépasse. Je tente même pas de me cramponner, je vacille sur mon vélo et je manque même de tomber.

Liège, l'arrivée

Un journaliste me salue : « Et alors le vieux, il fallait y croire un peu plus ! »
Je traverse la foule indifférente, à pied, en boitant un peu, en traînant le vélo derrière moi. Pas de soigneur pour Jef, pas de massage après la course pour Jef, pas d'interview pour Jef.
Sur mon visage, à travers la poussière du goudron, une larme trace son chemin. »

Quand Jef est remonté sur son vélo pour continuer sa randonnée, je lui ai serré la main et lui ai dit : « Jef, tu es un champion ! »
Il m'a tapé sur l'épaule, et hop ! a démarré comme il y a vingt ans, dans Liège-Bastogne-Liège ! Allez Jef !

Rencontre bizarre

La vie telle une autoroute, chacun dans sa voiture, dans son cocon, qui circule, dans le tohu-bohu des véhicules, qui jamais ne s'arrête, qui ne stoppe pour rien, ni blessés, ni malades, ni morts ; toujours la même animation sur ce périphérique dans lequel nous vivons. Ici comme ailleurs, circuit identique. Mais parfois, on ne sait quand ni où ni pourquoi, le flot des machines se glace, phénomène incongru et l'inexplicable advient...

La dernière fois que je l'ai vue, la journée était incroyablement belle, une journée de printemps alors que c'était le début de novembre. Je marchais au hasard, le soleil dans les yeux, les mains dans les poches, dans la grand-rue de Bastogne. Au moment où je m'arrêtai devant un passage pour piétons, je la vis. Elle avançait vers moi en dodelinant de la tête, comme dans un rêve. Elle était plus jeune que moi et cependant des rides adorables se dessinaient sur son visage. Un léger sourire s'esquissait sur ses lèvres, et sa chevelure noire flottait au vent, brillante de soleil. Elle était vêtue de noir ; une veste au col de fourrure, et au cuir noir ; une jupe qui descendait juste au-dessus du genou, noire ; des bottes noires. Je restai immobile, le cœur battant. Elle passa devant moi comme un souffle ou comme la mort, sans me voir. Je passai la main sur mon visage comme pour l'essuyer des souvenirs du passé. Était-ce bien celle que j'avais croisée et aimée lorsque j'étais adolescent ? Je la suivis. Elle traversa la rue en direction d'un arrêt de bus. Elle marchait droite avec un léger balancement des hanches, joyeux et aguicheur. C'était bien elle. Elle n'avait pas changé. Juste un peu épaissi des hanches. Une pesanteur sensuelle qui supposait une maturité et un savoir de bon aloi. Ce n'était plus la jeune fille qui éclatait en rires clairs quand je disais quelque chose de drôle ; qui faisait de la tête des petits mouvements nerveux et gloussait pour ne pas rire. Je ne saurais que dire si je l'abordais ni comment elle prendrait mon interlocution. Elle marchait dans le soleil et le soleil luisait dans ses cheveux. Tout à coup, avant que j'aie eu le temps de réagir, elle se mit à courir. Le bus démarrait. Elle eut juste le temps de sauter dedans. Je demeurai bras ballants sur le trottoir. Un bus jaune et rouge, avec, à l'intérieur, une femme aux cheveux de jais. Je l'avais aimée passionnément, inextinguiblement, quand j'avais dix-sept ans.

Souvent, dans les jours qui suivirent, je refis le même chemin dans la grand-rue, sans l'apercevoir, évidemment. Je ne la reverrais sans doute plus jamais.

J'attendais maintenant une autre femme qui marchait sur de hauts talons qui claquaient. Ses jambes étaient fines et musclées, elle portait un manteau de fourrure marron qui mettait en évidence sa chevelure blonde. Je lui dis en désignant la fourrure du menton :
— C'est pas pour rien.
— Je travaille et je suis célibataire, répondit-elle.
Il y avait mieux comme entrée en matière amoureuse mais je suis comme ça, un peu rustre.
Là-dessus nous entrâmes chez Léo, un restaurant qui est toujours plein, heureusement j'avais retenu une table. Un garçon habillé de noir nous conduisit à l'arrière du restaurant, vers une table couverte d'une nappe blanche et d'un candélabre. La flamme des bougies faisait ondoyer des ombres sur les murs. J'avais repéré à l'avance ce petit coin plus intime. Le garçon avança la chaise de ma compagne, j'avançai ma chaise moi-même, et nous voilà installés. À côté de nous une grosse brune dont les seins tremblaient comme de la gélatine quand elle riait. Des seins si énormes que j'attendais le moment quand sous l'action des rires, ils jailliraient de sa robe comme deux concombres géants, mais ils ne jaillirent pas. Devant elle, un homme à la tronche torchée qui ne paraissait pas heureux d'être là. Avait-il misé sur la mauvaise jument ? Le steak au poivre qu'ils mangeaient avait

une bonne tête, et sur la carte il n'était pas trop cher, j'en commandai deux. Ma compagne ne fut pas d'accord. Cela commence bien, me dis-je. Elle préfère une salade aux lardons.
— Pour ma ligne, dit-elle
J'acquiesçai, c'était encore moins cher que le steak au poivre.
Le garçon apporta le vin rouge, en versa une lichette dans mon verre, je la fis tourner dans mon verre, puis la fis tourner dans ma bouche comme je l'avais vu opérer dans une émission télévisée consacrée aux grands crus, tout cela pour avoir l'air d'un monsieur qui s'y connaissait et qui passait le plus clair de ses journées à goûter des vins.

— Un peu trop lourd, dis-je pour dire quelque chose qui impressionne.

Nous mangeâmes. En débitant les banalités d'usage. Manière de nous dégeler, ce que le vin accomplit au mieux.
Elle me parla de son passé, un mari, une fille, des dégelées, un divorce pénible avant de me poser la question attendue:
— Tu es marié?
— Non.
— T'as été marié?
— Oui, un mariage à oublier au plus vite, comme le tien. Mange ta viande elle refroidit.
— T'exerces quoi comme métier?
— Difficile à définir mon métier.
— Mais encore?
— C'est bon?

— Pas mauvais. Alors ton métier?
— Un mélange d'enseignant, d'éducateur… bref je m'occupe des jeunes…
— Des problèmes?
— Qui n'en a pas?
— Tu as raison.
— Pas plus tard qu'avant-hier…

Je lui racontai: dans l'immeuble que j'habitais, le hall d'entrée, au fond une porte entrebâillée, j'y jette un coup d'œil plus par curiosité que pour trouver quoi que ce soit, c'est un cagibi sous l'escalier qui conduit aux étages, et là dans l'ombre, je devine la lueur d'une aiguille devant un visage fantomatique que je connaissais pour l'avoir vu dévaler la grand-rue quelques fois.
— Qu'est-ce que tu fais? dis-je.
La question idiote.
Dans ce recoin sombre, au linoléum usé, qui sert à entreposer vélos et poussettes, qu'y pouvait faire cette jeune fille au regard vide et à la tête blafarde? La manche retroussée, une lanière de caoutchouc garrottant son bras, autant de veines comme des serpents noirs sur son avant-bras. La seringue était pleine. Je saisis sa main qui tenait la seringue, elle tenta de me mordre, mais j'avais fait tomber la seringue que j'éloignai d'un coup de pied. Elle tenta de la saisir. Je l'empoignai et enserrai son buste contre le mien. Elle me promit toutes bonnes choses bien divertissantes pour que je lui redonne sa seringue, comme de faire passer mon organe par tous les étages du nirvana, mais elle me blessait au plus profond de moi, non pas

elle mais sa situation et ceux qui l'avaient placée dans cette situation. Son avant-bras fluet était couvert de cicatrices bleues.
— Comment t'appelles-tu?
— Va te faire foutre.
— J'écrase ta seringue si tu ne me réponds pas…
— Je m'en fous… je connais quelqu'un qui m'en donnera une autre.
La sueur couvrait son visage blême, et de nombreuses rougeurs suintaient dans son cou.

Des étages tomba une voix éraillée:
— Salope! Si tu ne dégages pas, je t'envoie le pot de chambre à la gueule!
— Ferme-la, face de rat!

— Tu entends ça, murmurai-je. Tu veux devenir comme eux?

Elle renifla fort.

— Non, souffla-t-elle.
— Comment t'appelles-tu?
— Juliette, répondit-elle non à moi mais à sa seringue qui gisait à quelques pas.
— C'est un joli nom, Juliette? Comment en es-tu arrivée ici?
— Des copines, des copains, d'abord, du hasch… puis un peu plus fort que le hasch…
— Alors pour payer ce quelque chose de plus fort, tu as dû prester quelques services.

Elle me fixa méchamment. Ses yeux se remplissaient peu à peu d'un liquide de haine. Elle me confia qu'elle avait quitté l'école en juin dernier, et où elle habitait...
Les larmes coulaient de ses yeux, sa bouche bavait, ses yeux suppliants ne quittaient pas la seringue...

Ma compagne m'interrompit si brutalement que j'en fus surpris.

— C'est pas un métier que tu exerces, tu poursuis une mission. Parle d'autre chose.

À la table d'à côté, la blonde se mouchait bruyamment, puis elle agita son puce dans son verre de vin d'un air mauvais. Son convive était parti au bar. Le garçon s'approchait de notre table :
— Une seconde bouteille de vin ?
Non. Nous préférâmes aller danser dans une disco proche, au milieu des jeunes qui se tortilleraient pendant quelques heures, torse nu les garçons, et les filles n'étaient pas en reste.
Ma compagne sentait le fauve en quête de sa proie. Elle se collait de plus en plus contre moi tout en évitant que, piètre danseur, je ne lui marche sur les pieds. Elle souffla dans mon oreille :
— Nous pourrions aller chez moi... prendre un dernier verre... de mon appartement, j'ai une belle vue sur la grand-rue et l'église...
Dans le taxi que je devrais payer, elle se pelotonna contre moi et me caressa l'entrejambe. Ce n'était pas désagréable. Elle habitait un troisième étage,

sans ascenseur. Aussitôt franchie la porte de son logis, elle laissa tomber sa fourrure et apparut dans une robe au décolleté aussi profond que la fosse des Marquises, les bras et le dos nus. Elle me lança un regard torve.
— Je crois que tu es un petit coquin, ricana-t-elle.

Et hop elle fut à poil, et moi aussi, et nous atterrîmes dans son lit sans qu'elle ait eu le temps de me faire visiter son appartement ni de me montrer la belle vue sur la grand-rue et sur l'église.
Plus tard, dans l'obscurité, je la contemplai, son souffle régulier, un rictus inconscient aux lèvres, un dos passable, des cuisses un peu flasques, et des seins appétissants, avec des pralines au chocolat sur le bout. Elle m'avait raconté la suite de sa vie, un viol, un mariage raté, une enfant, et puis...

«Je sais que demain matin, tu ne seras plus là pour le petit-déjeuner, les hommes sont tous les mêmes, dès qu'ils ont obtenu ce qu'ils veulent, salut ma vieille, débrouille-toi, tous des salauds, et des lâches!»

Je m'astreignis donc à rester jusqu'au petit-déjeuner pour faire mentir notre réputation de mâles machos et profiteurs.
Au matin, tandis qu'elle dormait encore, je concoctai un café noir comme l'encre, grillai des tartines, trouvai dans ses armoires une confiture rouge, fraises ou cerises, un peu trop sucrée, et je m'en-

hardis à lui cuire des œufs… la table de ce petit déjeuner était une réussite mais la première phrase qu'elle éructa de son lit à mon adresse ne fut pas une réussite :

— Alors le séducteur? Tu as eu ce que tu voulais?… Vous êtes tous les mêmes, il n'y a qu'une chose qui vous intéresse, le trou, le trou…
— Je t'ai préparé un bon petit-déjeuner, répondis-je comme si je n'avais rien entendu.
— Un petit verre de vin pour que la nana ne dise pas non, et hop au pieu !
— Le café est passé, les tartines beurrées. Tu veux que je m'en aille?
— Ah ! je l'attendais celle-là : prêt à foutre le camp dès potron-minet, pour retrouver sa bourgeoise sans aucun doute.
— Viens déjeuner.
— J'arrive ! soupira-t-elle en se levant avec difficulté.

Des rides avaient creusé son visage, et des cheveux gris parsemaient son front qui n'était pas poli comme le marbre.C'est fou comme la lumière du soir vous trompe. N'importe quelle sorcière s'y transforme en princesse.
Elle mangea ou plutôt picora ses tartines en boudant, je tentai en vain de la faire rire ; au contraire plus je riais, plus ses yeux se gonflaient et enfin elle chiala en hurlant. J'étais mal à l'aise. Qu'avais-je dit ou fait de répréhensible? Les femmes sont ainsi créées, allez les comprendre !

Enfin elle lâcha en crachant sa tartine sur la table :
— La petite droguée dont tu m'as parlé ?...
— Juliette ?
— C'est ma fille !

Je dis « adios » à la porte de son appartement quand je la fermai. Je n'étais pas le meilleur des tombeurs, mais je savais préparer un petit-déjeuner. Le soleil de la veille avait disparu, un vent aigre pinçait mes joues. En marchant dans le matin gris, je pensai à la femme aux cheveux d'ébène que j'avais aimée autrefois, à ses hanches qui se balançaient au rythme de sa marche. Celle que je ne rencontrerais plus sauf au dernier jour.

Chacun fait ce qu'il peut pour oublier.

Guy DENIS, Louftémont/Léglise,
ce 19 août 2005/2006, et ce 30 octobre 2008.

Table des matières

Achevé d'imprimer
en février 2009.